古典詩詞論稿

萬疊春山一寸心

陶子珍 著

自序

本書共分三個單元，內容包括：「上編　寄情詠歌」，探討敦煌曲八十一首情歌及初唐詩人蘇味道詩十六首；「中編　詞作選集」，析論南宋周密《絕妙好詞》及金代元好問《中州樂府》；「下編　論詞絕句」，則就清代張祥河〈論詞絕句〉及清詩論宋代女性詞人予以評述。

敦煌民間文學近年來頗受學界重視，因而本人乃針對敦煌曲中男女愛戀之情歌予以探析，自任二北《敦煌歌辭總編》約一千三百餘首中，析出敦煌曲情歌約八十一首，由不同之主角人物，體現不同之情懷內容，並以特殊之表現手法，展現出獨特風貌；而八十一首中，除失調名外，共計有二十八個詞調，可見其聲情之多樣繁複；故本書〈試論敦煌曲中的情歌〉一文，乃從人物、內容、形式三方面加以分析探討，使敦煌情歌中之精神得以再現，並喚起大家正視情歌所具有之時代意義與價值。又詩歌為唐代文學之代表，清聖祖修纂《御定全唐詩》，凡得詩四萬八千九百餘首，作者二千二百餘人，歷來研究者甚眾，惟一些作品數量不多之詩人，難免為人所忽略；蓋乃擇「文章四友」之一蘇味道為對象，撰寫〈蘇味道詩十六首探析〉一文，希望透過此類作家、作品之討論，呈現唐詩全貌，豐富唐詩研究範疇。

另本人繼研究「明代詞選」與「明代詞集叢編」後，有感於歷來學界對金、元兩代之詞選集，甚少關注。因此，乃興研究「金元詞選」之動機，而此項計畫，並獲得「九十四年度行政院國家科學委員會（科技部）專題研究計畫補助」；冀由辨其體例、明其異同、釐清諸選特色與時代風尚之關係，以建構金元詞學整體宏觀之新視野。已接續完成〈金代詞選——元好問《中州樂府》析論〉與〈周密《絕妙好詞》版本體例及編選心態析論〉等文。

近年來，本人從對「詩 」、「詞」相關專題的研究中，獲悉論詞用絕句者，大量出現於清代，內容涵括各代詞人及其作品之評騭，更有專論婦女或婦女詞者，其中以張祥河之作品較多，且論述範圍較廣；因而乃撰寫〈清代張祥河「論詞絕句」十首探析〉一文，分析探討清人對賦詠女性及女性詞作之觀點，期能對清代論詞絕句有初步之認識，並使文學表現之領域得以拓展。此外，又進一步發現，清代詩人中有特別針對唐宋女性及其詞作，用絕句或古詩之形式，予以論述、評騭者，以表達自我獨特之詞學主張，如：汪芑「題李清照、朱淑真、吳淑姬、唐琬詞」四首、方熊「題李清照《漱玉詞》、朱淑真《斷腸集》」三首及潘際雲「題李清照《漱玉詞》、題朱淑真《斷腸詞》」二首等；故乃以汪芑、方熊、潘際雲之作品為例，完成〈清詩論宋代女性詞人探析——以汪芑、方熊、潘際雲之作品為例〉一文，期藉由對兩宋女性遭遇、心境之體會，及其詩詞作品之敘述批評，反映清代社會對女性之觀點，並凸顯清代以詩論詞之特質。

現將數年來之研究心得集結成書，冀望能於「春山萬疊」——浩瀚中國文學之研究領域中，「函綿邈於尺素，吐滂沛乎寸心」，貢獻一己微薄力量。惟自揆資庸學淺，闕失不周之處，在所難免，尚祈學界　先進，不吝　教正是幸。

陶子珍謹識　2016年1月

目次
CONTENTS

上編

寄情詠歌

試論敦煌曲中的情歌

壹、前言

情歌，是心靈的悸動，美妙的樂章。然五千年來，文人學子受中國封建禮教的束縛，文學作品多以「雅正」為念，莫敢盡情抒發男女愛戀之情，是以中國古代的情歌並不發達。惟民間的土壤，卻孕育著自由的花朵，綻放出生命的色彩，令人欣賞讚歎。清光緒間，於甘肅省鳴沙山發現了唐人曲子寫本，此為敦煌一帶的民間歌謠，廣大的群眾藉以吐露心聲，並反映出當時的社會現象。任二北《敦煌歌辭總編》著錄歌辭約一千三百餘首，分為雲謠集雜曲子、隻曲、普通聯章、重句聯章、定格聯章、長篇定格聯章及大曲等；而從中析出敦煌曲情歌約八十一首，由不同的主角人物，體現不同的情懷內容，並以特殊的表現手法，展現出獨特的風貌。故以下擬從人物、內容、形式三方面加以分析探討，使敦煌情歌中的精神得以再現，並期喚起大家正視情歌所具有的時代意義及其價值；曲辭文字以任二北《敦煌曲校錄》及《敦煌歌辭總編》所收錄者為本，同時參酌林玫儀〈敦煌〔云謠集〕斠證〉[1]與項楚《敦煌歌辭總編匡補》，以求其適切。

[1] 此文收錄於林玫儀著：《詞學考詮》（臺北：聯經出版公司，1987年12月），頁87-128。

貳、敦煌情歌中的人物特寫

敦煌曲子詞無作者署名，且又出自民間，應非一人一時之作，任二北《敦煌曲初探》言：「敦煌曲之作者，散在社會之多方面，並非專屬任何一方面。……固非文人學士所能專擅，亦非歌伎樂工所能獨攬。」[2]而敦煌情歌中所描寫的人物，有：征婦、思婦、游女、妓女等，幾乎清一色皆為女子，是以其中或有出自婦女之手，抑或有文人學子所擬作，因不同的身分與立場，反映出不同人物的情感與思緒，故敦煌情歌中的主角及其對象，可歸納出以下四者：

一、征婦與征夫

> 征夫數載，萍寄他邦，去便無消息。累換星霜，月下愁聽砧杵起，塞雁南行。孤眠鸞帳裏，枉勞魂夢，夜夜飛颺。
>
> 想君薄行，更不思量。誰為傳書與，表妾衷腸。倚牖無言垂血淚，暗祝三光。萬般無奈處，一爐香盡，又更添香。
>
> （〈鳳歸雲〉，斯一四四一、伯二八三八）

此詞收錄於《雲謠集》，首句「征夫數載」即點出其朝思暮想的對象，是一位出征戍邊的軍人。而詞中的女主角則是一位倚窗垂淚，焚香暗禱，傷心無奈的征婦。又：

[2] 任二北著：《敦煌曲初探》（上海：上海文藝聯合出版社，1954年11月），頁283。

> 塞北征戰幾時休，罷風流。汝家夫婿□□□，荏苒已經秋。
> 　　寒衣造了無人送，憑□□書將。紗窗孤雁叫，泣淚數千行。（〈定乾坤〉，斯五六四三）

這一首雖有殘闕，但仍可明白的見出，汝家夫婿是一位征戰未還的征人，而憂心落淚的，則是造了寒衣卻無人替其送與夫君的征婦。

二、思婦與良人

前述之征婦，所思念的是出征的夫君，而此處所言之「思婦」，是指一般閨中的婦女，她們思念的是遠游不歸的良人。如《雲謠集》中的〈傾杯樂〉：

> 憶昔笄年，未省離合，生長深閨院。閒憑著繡床，時拈金針，擬貌舞鳳飛鸞。對妝臺重整嬌姿面，知身貌算料，□□豈教人見。又被良媒，苦出言詞相誘衒。　　每道說水際鴛鴦，惟指梁間雙燕，被父母將兒匹配，便認多生宿姻眷。一旦娉得狂夫，攻書業拋妾求名宦。縱然選得，一時朝要，榮華爭穩便。（伯二八三八）

詩中的女主角，自幼生長深閨，有良好的家教與姣好的面容，無奈與其匹配的卻是棄妻妾於不顧，一心攻書業、求名宦的「狂夫」，致使其將原本深切的思念，轉而為深沉的埋怨。

另外還有不知去向的負心人，更是教人牽腸掛肚，如《雲謠集》〈天仙子〉：

> 燕語鶯啼驚覺夢，羞見鸞臺雙舞鳳。思君別後信難通，無人共，花滿洞，羞把同心千偏弄。
>
> 叵耐不知何處去，正值花開誰是主。滿樓明月夜三更，無人語，淚如雨，便是思君腸斷處。（斯一四四一）

良人別後音信全無，不知何往，閨中的女子只能含淚羞弄同心結。一人是性情疏宕難羈，另一人則是牽牽掛掛難安，兩個人物形象形成強烈對比。

三、游女與少年

> 麗質紅顏越眾希，素胸蓮臉柳眉低。一笑千花羞不坼，嬾芳菲。　□□□□□□□，□□□□□□□。偏引五陵思懇切，要君知。
>
> 髻綰湘雲淡淡妝，早春花向臉邊芳。玉皖腕慢從羅袖出，捧杯觴。　纖手令行匀翠柳，素咽歌發繞雕梁。但是五陵爭忍得，不疏狂。（〈浣溪沙〉，斯一四四一）

此二首收錄在《雲謠集》，任二北於《敦煌歌辭總編》卷一言：「詳味二辭，頗似演游女央媒，向五陵介紹。前辭偏重色，後辭偏重藝，實際是介紹一人。」[3]游女，是指出游的女子。詩中可見一位經過刻意裝扮，儀態萬千的少女，堪與匹配的則是京都富豪五陵子弟，風度翩翩的佳公子。

[3] 任半塘編著：《敦煌歌辭總編》上冊（上海：上海古籍出版社，1987年12月），頁185。

四、妓女與玉郎

> 青絲髻綰臉邊芳，淡紅衫子掩酥胸。出門斜撚同心弄，意恛惶，故使橫波認玉郎。　巨耐不知何處去，教人幾度掛羅裳。待得歸來須共語，情轉傷，斷卻妝樓伴小娘。
> 碧羅冠子結初成，肉紅衫子石榴裙。故著胭脂輕輕染，淡施檀色注歌脣，□□含情喚小鶯。　只問五郎何處去，纔言不覺到朱門。扶入錦幃□□□，□殷勤，因何辜負倚闌人。（〈柳青娘〉，斯一四四一）

《雲謠集》收錄的這二首詞，當中的主角大膽放蕩，表現出歡場女子的特異行徑，任二北言其「煙視媚行，浮花浪蕊」[4]而已。她們的對象是詩中所稱的「玉郎」，是情人，抑或是恩客。

參、敦煌情歌的內容風格

《毛詩・序》載：「情動於中，而形於言；言之不足，故嗟歎之；嗟歎之不足，故永歌之；永歌之不足，不知手之舞之，足之蹈之也。」[5]人因生而有情，故不免為情而喜、而愁、而怨。敦煌曲子詞創作時間先後不一，大約上起七世紀中期，下迄十世紀，約玄宗朝至後唐莊宗初期。[6]因而敦煌的情歌，除訴說男女

---

4 同前註，頁191。

5 漢・鄭玄注，唐・孔穎達疏：《毛詩注疏・大序》，收入清・阮元校刻：《十三經注疏》第2冊（臺中：藍燈文化事業公司，出版年不詳），卷1-1，頁5。

6 可參考成潤淑撰：《敦煌曲子詞新論》（臺北：私立中國文化大學中國

愛戀的情懷外，於字裏行間中更透露出當時的社會制度與時代背景，豐富了情歌的內容，具有不同的風格。

一、思人的愁緒

人世間的遇合，難以天長地久，「死別」固然令人傷心，「生離」亦教人斷腸，那魂縈夢繫的思念，朝朝暮暮的企盼，是啃噬人心的殺手，摧殘著有情之人，如〈擣衣聲〉：

> 良人去，住邊庭。三載長征，萬家砧杵擣衣聲。坐寒更，添玉漏，嬾頻聽。　　向深閨遠聞雁悲鳴，遙望行人。三春月影照階庭，簾前跪拜。人長命，月長生。（斯二六〇七）

良人遠去，駐守邊庭，一去三載，而砧杵擣衣之聲竟有「萬家」之多，任二北《敦煌歌辭總編》卷二言：「『萬家砧杵』含有無窮怨思，不可輕看。」[7]致使其徹夜難眠，頻聽玉漏，夜長愁更深。有謂「其心不快，景亦含悲」，所以遠聞雁聲，亦似哀鳴。「擣衣聲」、「玉漏聲」、雁的「悲鳴聲」，一聲聲的扣人心絃，令人憂心無助，只得簾前跪拜，但願人如月永長生。這首詞除了描寫征婦的愁怨外，其中「三載長征，萬家砧杵擣衣聲」兩句，道出了唐朝的府兵制度。府兵制，起於西魏，行於北周和隋，唐初整頓成為兵農合一的軍事制度；征發時須自備兵器資

文學研究所碩士論文，1986年6月），第五章第二節，頁201-226。其對敦煌曲子詞的寫作年代，有詳細的分析論證。

[7] 任半塘編著：《敦煌歌辭總編》上冊，頁310。

糧，定期宿衛京師，戍守邊境。從唐高宗時起，因府兵負擔過重等原因，漸見其弊，至唐玄宗天寶8年（西元749年）折沖府無兵可交，府兵制已名存實亡。又任二北於《敦煌歌辭總編》卷一曰：「知於開元末期典兵者已廢除府兵制傳統辦法內，三載一番之原則，而改為六載一番；後並此改法亦具文而已，不能貫徹，征夫遂將永無歸望，然後民間征婦之無窮憤怨，始勃然而興！」[8]故任氏推斷：此辭可能作於盛唐，因「三載長征」句反映府兵制尚未全壞。[9]

而後《雲謠集》中的一首〈破陣子〉，則當作於府兵「三年一番」廢除之後，其辭云：

> 年少征夫軍帖，書名年復年。為覓封侯酬壯志，攜劍彎弓沙磧邊，拋人如斷絃。　　迢遞可知閨閤，吞聲忍淚孤眠。春去春來庭樹老，早晚王師歸卻還，免教心怨天。（斯一四四一）

軍帖書名，年年皆有，「年復年」是言府兵制已壞，更是征婦愁怨的根源。年少征夫立志建功封侯，完全不顧妻妾的感受，棄如斷絃，又那裏知道伊人吞聲忍淚，夜夜孤眠的哀思，所以伊人怨的是制度的不當、夫君的無情，最後只能以怨天來抒發無盡的愁緒。

---

[8] 同前註，頁99。
[9] 同前註，頁310。

二、愛情的忠貞

愛情之所以偉大，在於它的永恆不渝；之所以令人動容，在於它的癡情不悔。因此維護愛情的基石，是彼此的忠誠，故於敦煌情歌中，有立誓以明志者，如〈菩薩蠻〉：

> 枕前發盡千般願，要休且待青山爛。水面上秤錘浮，直待黃河徹底枯。　　白日參辰現，北斗迴南面。休即未能休，且待三更見日頭。（斯四三三二）

首句即以發願點出六種不可能發生的自然現象，來表示自己的情真意切，此情何時能休？又如何能了？天、地、山、河；日、月、星辰，均為共鑒，一股永恆堅定的情意，隨著一句句的誓言奔迸而出。

然自古以來，女子在各方面，尤其是對感情的態度上，通常承受著較多的社會輿論與道德的壓力，無怪乎敦煌情歌中，有急切為自己辯白的女子，如〈南歌子〉：

> 斜倚朱簾立，情事共誰親。分明面上指痕新，羅帶同心誰綰，甚人踏破裙。　　蟬鬢因何亂，金釵為甚分。紅妝垂淚憶何君，分明殿前實說，莫沉吟。

> 自從君去後，無心戀別人。夢中面上指痕新，羅帶同心自綰，被猻兒踏破裙。　　蟬鬢朱簾亂，金釵舊股分。紅妝垂淚哭郎君，信是南山松柏，無心戀別人。（伯三八三六）

任二北《敦煌曲校錄》曰：「二首一問一答，聯章兼演故事。」[10]前一首其夫君以設問之辭，一連提出七問，對其動作、容貌、裝扮等方面無處不疑；而這位妻子在面對丈夫猜忌的質問下，一件件的苦苦解釋，或恐其不信，最後乃強調「信是南山松柏，無心戀別人。」以表白她對丈夫的情意與愛情的堅貞。

三、被棄的憤懣

有人終其一生浮沉情海，想尋找一個停泊的港口，一份天長地久、至死不渝的真情。女子為遠去的征夫而獨守空閨，為表白自己的忠貞而信誓旦旦，為的就是維繫一份得來不易的情感，然而終究還是有人難逃遭受拋棄的命運。如〈南歌子〉：

> 悔嫁風流婿，風流無準憑。攀花折柳得人憎，夜夜歸來沉醉，千聲喚不應。　回覷簾前月，鴛鴦帳裏燈。分明照見負心人，問道些須心事，搖頭道不曾。（伯三一三七）

此詞上半闋形容這位夫婿是一位流連聲色，夜夜沉醉的風流種，一個「悔」字，道出了枕邊人心中的鬱抑哀怨。下半闋以簾前的明月，帳裏的明燈，強調眼前的確是一個不折不扣的負心漢，在明光的照耀下無所遁形，而他卻還搖頭否認，令人為之氣結，被棄的憤慨與不平至此表露無遺。

另外在當時社會中，尚有一群女子，因其身分的特殊，難免常遭被棄的打擊，如《雲謠集》中的〈拋毬樂〉：

---

[10] 任二北校：《敦煌曲校錄》（上海：上海文藝聯合出版社，1955年5月），頁78。

> 珠淚紛紛濕綺羅，少年公子負恩多。當初姊妹分明道，莫把真心過與他。子細思量著，淡薄知聞解好麼。（伯二八三八）

由「姊妹」二字判斷，此詞的主角應是淪落風塵的妓女。出入歡場的少年公子，有幾個是真心誠意的呢？因此「珠淚紛紛」是明知故犯的悔恨，然而當面臨愛情的抉擇時，又那裏是理智所能釐得清、辯得明的。根據記載，唐代妓女按隸屬可分為官妓、私妓兩類；隸屬於官府的稱官妓，私妓又可分為家妓和市井私妓。家妓的地位處於奴婢與妾侍之間；市井私妓則以賣笑為生，多著籍於官府，須受官府制約和驅使。[11]而詞中之女子，就詞意言應屬於市井私妓。

四、風流的歡愉

兩情相悅的愛情，最教人羨慕，也最使人期待，在情竇初開，愛苗滋長之始，展現了愛情的美好，如〈菩薩蠻〉：

> 清明節近千山綠，輕盈士女腰如束。九陌正花芳，少年騎馬郎。　羅衫香袖薄，佯醉拋鞭落。何用更回頭，謾添春夜愁。（伯三二五一）

[11] 參考王洪等編：《唐詩百科大辭典》（北京：光明日報出版社，1990年10月），頁1130-1131。

在風光明媚的時節，男女邂逅，詞中一句「佯醉拋鞭落」，不僅表示這位少年騎馬郎已注意到一旁的輕盈士女，同時並故意以不慎落鞭來吸引對方的注意，而「何用更回頭」則是何等的帥氣與自信，全詩洋溢著青春愉快的氣息。根據高國藩《敦煌民俗學》一書記載的唐代敦煌民間婚俗可見，當時的婚俗是較為開明的，青年男女可以在祭祀、春游、拜佛等公共場合一起出現，略有接觸，甚至有少女親自選夫的特殊形式的婚配。[12]

雖然當時男女的交往，有某種程度上的自由，但傳統婚姻的束縛與道德常規，仍是不可逾越的，所以女子在表達自我情感之時，還是有所顧忌，例如《雲謠集》中的〈竹枝子〉：

> 高捲珠簾垂玉牖，公子王孫女。顏容二八小娘，滿頭珠翠影爭光，百步惟聞蘭麝香。　　口含紅豆相思語，幾度遙相許。修書傳與蕭娘，倘若有意嫁潘郎，休遣潘郎爭斷腸。（斯一四四一）

一位正值花樣年華的懷春少女，心中蘊藏著無限情意，或因害羞，或礙於禮教，只能藉著修書傳情，卻惹得潘郎爭斷腸，這是一首讚美少女的青春樂歌。也是一首歌頌愛情的美妙樂章。

[12] 參見高國藩著：《敦煌民俗學》（上海：上海文藝出版社，1989年11月），頁150-157。

肆、敦煌情歌的形式技巧

民間文學最大的特色，在於直抒胸臆，以信口信手的自然筆法，呈現出與一般文人作品不同的風貌。故以下擬從句式、用語以及結構的安排等方面，來分析敦煌情歌在形式上所運用的技巧和表現手法。

一、對話的句式

所謂「對話」，較常見的是一問一答的模式，此種句法生動自然而不做作，如〈南歌子〉二首（伯三八三六）：

問（男）	答（女）
斜倚朱簾立，情事共誰親？	自從君去後，無心戀別人。
分明面上指痕新？	夢中面上指痕新。
羅帶同心誰綰？	羅帶同心自綰。
甚人踏破裙？	被猻兒踏破裙。
蟬鬢因何亂？	蟬鬢朱簾亂。
金釵為甚分？	金釵舊股分。
紅妝垂淚憶何君？	紅妝垂淚哭郎君。

此外在同一首中，亦有透過人與動物的話語，來表達內在的心境，不僅採用了代言對話的句式，也運用了擬人化的技巧，使整首作品新奇而有趣，如〈鵲踏枝〉：

> 叵耐靈鵲多瞞語，送喜何曾有憑據。幾度飛來活捉取，鎖上金籠休共語。　比擬好心來送喜，誰知鎖我在金籠裏。欲他征夫早歸來，騰身卻放我向青雲裏。（《敦煌零拾》）

夏瞿禪〈敦煌曲子詞〉一文言：「整首詞通過人和靈鵲的對話，寫出婦人對和平幸福生活的熱烈嚮往。表現手法相當新穎、靈活；語言也活潑生動，是民間詞裡的一首好作品。」[13]

二、俚俗的口語

敦煌的情歌是民間的歌謠，因此民間的詞人多以一般白話的字句入詞，顯現出平易而俚俗的特色，主要可從以下兩方面論之：

（一）人物代稱直接以「你」、「我」、「他」稱之，如：

「今世共**你**如魚水，是前世因緣。……每見庭前雙飛燕，**他**家好自然。……。」（〈送征衣〉，斯五六四三）
「莫攀**我**，攀**我**太心偏，**我**是曲江臨池柳，……。」（〈望江南〉，伯二八〇九、伯三九一一）
「……願作合歡裙帶，長繞在**你**胸前。」（〈南歌子〉，伯三八三六）

（二）直接以「了」、「麼」、「得」等字為句中語詞，例：

1. 了：（1）用在動詞後，表示動作的過去或完成。
（2）句末肯定語氣詞。

[13] 夏瞿禪撰：〈敦煌曲子詞〉，《唐宋詞欣賞》（臺北：文津出版社，1983年10月），頁10。

「征衣裁縫了，遠寄邊隅。」（《雲謠集》〈鳳歸雲〉，斯一四四一、伯二八三八）
「早晚三邊無事了，香被重眠比目魚。」（《雲謠集》〈破陣子〉，斯一四四一）

2. 麼：疑問語氣詞，同「嗎」。

「垂鞭立馬，腸斷知麼。」（《雲謠集》〈鳳歸雲〉，斯一四四一）
「子細思量著，淡薄知聞解好麼。」（《雲謠集》〈拋毬樂〉，伯二八三八）

3. 得：引進副詞的關係詞。

「綠窗獨坐，修得君書。」（《雲謠集》〈鳳歸雲〉，斯一四四一、伯二八三八）
「待得歸來須共語，情轉傷。」（《雲謠集》〈柳青娘〉，斯一四四一）

三、聯章的鋪述

敦煌曲子詞中有所謂的聯章歌體，據任二北《敦煌曲初探》曰：「聯章之辭，仍為雜曲，或稱曲子耳。……敦煌曲作聯章形式者，有普通聯章、定格聯章與和聲聯章三種。……〈五更轉〉、〈十二時〉、〈百歲篇〉三曲，根據其所詠內容之限制，與前人已表現之體裁，知其主曲皆必守一定之章數，不容增減，有別於普通聯章，故名之曰『定格聯章』。」[14]而敦煌情歌中即有以此聯章的形式，鋪述內心的情感變化，形成特殊的結構，例：

> 一更初夜坐調琴，欲奏相思傷妾心。每恨狂夫薄行跡，一過拋人年月深。
>
> 君自去來經幾春，不傳書信絕知聞。願妾變作天邊雁，萬里悲鳴尋訪君。
>
> 二更孤帳理秦箏，若個弦中無怨聲。忽憶狂夫鎮沙漠，遣妾煩怨雙淚盈。
>
> 當本只言今載歸，誰知一別音信稀。賤妾猶自姮娥月，一片貞心獨守空閨。
>
> 三更寂寞取箜篌，歎狂夫□□□□□。□□□□□□□，□□□□□□□。
>
> 爾為君王效忠節，都緣名利覓封侯。願君早登丞相位，妾亦能孤守百秋。
>
> 四更叢竹弄宮商，痛恨賢夫在漁陽。池中比目魚游戲，海鷗□□□□□。（〈五更轉〉，伯二六四七）

此以五更分時歌唱，由一更轉二更、轉三更，乃至四更，並藉著不同的樂聲「坐調琴」、「理秦箏」、「取箜篌」、「弄宮商」譜出心曲，層層鋪述，一層深似一層。

另外敦煌情歌中，還有以十二個月分來唱詠者，如：

---

[14] 任二北著：《敦煌曲初探》，頁53。

正月孟春春猶寒，狂夫□□□□□。無端嫁得長征婿，教妾尋常獨自眠。

二月仲春春未熱，自別□□實難掣。貞君一去已三秋，黃鳥窗邊啼新月。也也也也。

三月季春春漸暄，忽憶遼陽愁轉添。嘆妾思君腸欲斷，君□□□□□□。

四月孟夏夏漸熱，忽憶貞君無時節。妾今猶在舊日境，君何不憶妾心竭。也也也也。

五月仲夏夏盛熱，忽憶征人愁更切。一步□□一山東，忽見□□□□□。

六月季夏夏共同，妾亦情如對秋風。□□□□□□□，□□□□□□□。

七月孟秋秋已涼，寒雁南飛數幾行。賤妾思君腸欲斷，□□□□□□□。

八月仲秋秋已闌，日日愁君行路難。妾願秋胡速相見，□□□□□□□。

九月季秋秋欲末，忽憶貞君無時節。□□錦被冷如冰，與□□□□□□。

十月孟冬冬漸寒，今尚紛紛雪滿山。□□別君盡□罷，愁君作客在□□。

十一月仲冬冬盛寒，憂□獨坐綠窗前。戰袍緣何不領□，愁君□□□□□。

十二月季冬冬極寒，晝夜愁君臥不安。□□□子無人見，忽憶貞君□□□。（失調名，斯六二〇八）

詞中藉由一年之中十二個月令節氣的遞移，鋪陳抒發心中相思的苦惱。周丕顯〈敦煌俗曲分時聯章歌體再議〉一文言：「十二月聯章歌調這一形式，後來也逐漸為文人們所重視和利用，在內容和修辭方面，漸漸脫離民間俗曲的格調，走向文人辭的範圍。」[15]例如：李賀的〈河南府鄉試十二月辭並閏月〉、歐陽修〈十二月詞寄漁家傲調〉等皆是。

伍、結語

情歌是千百年來為人所歌頌不絕的優美詩篇，在敦煌民間的作品中，除失調名外用了近二十八個詞調，可見其聲情的多樣繁複。且經由征婦、思婦、游女、妓女等小人物的描寫，表現出人們的真性情，使情歌的內容有愁緒、有忠貞、有憤懣、有歡愉，實在而豐富，既纏綿又坦率，而出語自然，聯章歌詠，構成特有的形式，是值得我們珍視的文化資產。正如夏瞿禪〈敦煌曲子詞〉所言：「這些民間詞，是寫真實情感的好詩歌，它以清新樸素的風格影響著當代的詩人和詞人，比起後來文人清客們的游戲消閑的作品，價值高得多；雖然民間詞有些篇章在文字上還存在著許多缺點，但是我們仍然應該重視它，因為它是唐宋詞反映現實的萌芽。」[16]

[15] 周丕顯撰：〈敦煌俗曲分時聯章歌體再議〉，《敦煌學輯刊》創刊號（1983年），頁21。

[16] 夏瞿禪撰：〈敦煌曲子詞〉，《唐宋詞欣賞》，頁11。

【參考文獻】

一、書籍（依作者姓氏筆畫排列）

任二北著：《敦煌曲初探》，上海：上海文藝聯合出版社，1954年。

任二北校：《敦煌曲校錄》，上海：上海文藝聯合出版社，1955年。

任半塘（二北）編著：《敦煌歌辭總編》（全三冊），上海：上海古籍出版社，1987年。

林玫儀著：《詞學考詮》，臺北：聯經出版公司，1987年。

夏瞿禪著：《唐宋詞欣賞》，臺北：文津出版社，1983年。

高國藩著：《敦煌民俗學》，上海：上海文藝出版社，1989年。

項楚著：《敦煌歌辭總編匡補》，臺北：新文豐出版公司，1995年。

二、期刊論文

周丕顯撰：〈敦煌俗曲分時聯章歌體再議〉，《敦煌學輯刊》第4期，1983年。

三、學位論文

成潤淑撰：《敦煌曲子詞析論》，臺北：私立中國文化大學中國文學研究所碩士論文，1986年。

蘇味道詩十六首探析

壹、前言

《文心雕龍》〈明詩〉篇云：「民生而志，詠歌所含。興發皇室，風流〈二南〉。神理共契，政序相參。英華彌縟，萬代永耽。」[1]由此可知，中國詩歌的興起，肇始於三皇時代，經漢魏六朝的醞釀發展，至唐而極盛，不僅格律完備，且兼及各體，並拓展了詩的面貌，是為中國詩歌的典型代表。然歷來所彙編的唐詩總集，迄今為止，當以清聖祖康熙42年（西元1703年）修纂的《御定全唐詩》最為完備，凡得詩四萬八千九百餘首，作者二千二百餘人；致後代學者對唐代詩人、詩學，興起熱烈的研究與討論，但在如此眾多的作者與鉅構的篇幅之中，一些作品數量不多的詩人，難免為人所忽略；故擬以初唐時期，時人稱為「文章四友」之一的蘇味道為對象，探討其作品特色，以窺其在初唐詩壇的地位，並希望透過對此類作家的研討，能畢現唐詩全貌，豐富唐詩的研究領域。

---

[1] 梁・劉勰著，王更生注譯：《文心雕龍讀本》上篇（臺北：文史哲出版社，1986年11月），卷2，頁86。

貳、作者生平概述

蘇味道，趙州欒城（今河北省欒城縣）人，九歲時，即能撰文紀事；善占奏，多識臺閣故事，和崔融、李嶠、杜審言等三人，以詩文為友，謂之為「文章四友」，並稱為「崔李蘇杜」，其中蘇味道與鄉人李嶠，又以「蘇李」齊名。《舊唐書》載其事云：

> 孝敬皇帝妃父裴居道再登左金吾將軍，訪當時才子為謝表，託於味道，援筆而成，辭理精密，盛傳於代。[2]

《舊唐書》〈經籍志下〉、《新唐書》〈藝文志四〉，著錄《蘇味道集》十五卷，已失傳，今《全唐詩》存其詩十六首。

蘇味道弱冠時州舉進士，任咸陽尉。吏部侍郎裴行儉賞識其才，謂其與王勮二人後當相，次掌鈞衡之任，[3]甚加禮遇，及征突厥阿史那都支，引味道為書記。武則天延載元年（西元694年），歷遷鳳閣[4]舍人、檢校鳳閣侍郎、同鳳閣鸞臺[5]平章事，尋

[2] 後晉・劉昫等撰：《舊唐書》第9冊（北京：中華書局，1975年5月），卷94，頁2991。

[3] 唐・劉肅《大唐新語》卷七〈知微〉載：「裴行儉少聰敏多藝，立功邊陲，屢剋兇醜，及為吏部侍郎，賞拔蘇味道、王勮，曰：『二公後當相次掌鈞衡之任。』」（北京：中華書局，1997年12月），頁114。

[4] 後晉・劉昫等撰：《舊唐書・職官志二》〈中書省・注〉：「光宅改為鳳閣，神龍復為中書省。」第6冊，卷43，頁1848。
宋・歐陽修、宋祁撰：《新唐書・百官志二》〈中書省・注〉：「光宅元年，改中書省曰鳳閣，中書令曰內史。」（北京：中華書局，1975年2月），第4冊，卷47，頁1211。

[5] 後晉・劉昫等撰：《舊唐書・職官志二》〈門下省・注〉：「光宅改為鸞臺，神龍復。」第6冊，卷43，頁1842。

加正授，相等於宰相之職。然於翌年武則天證聖元年（西元695年），與張錫俱坐法繫於司刑寺，所司以上相之貴，所坐事雖輕，供待甚備，味道終不敢當，不乘馬，步至繫所，席地而臥，蔬食而已，張錫則乘馬至寺，舍二品院，氣色自若，帷屏飲膳，無忝平居。武則天聞之，原味道而放張錫於嶺南。[6]《新唐書》載：

> 證聖元年，與張錫俱坐法繫司刑獄。錫雖下吏，氣象自如，味道獨席地飯蔬，為危惴可憐者。武后聞，放錫嶺南，纔降味道集州刺史，召為天官[7]侍郎。[8]

武則天聖曆初年（西元698年），再度為鳳閣侍郎、同鳳閣鸞臺三品。長安年間（西元701－704年），味道請還，回鄉葬父，因其行為失當，又遭貶斥，《舊唐書》載：

> 長安中，請還鄉改葬其父，優制令州縣供其葬事。味道因此侵毀鄉人墓田，役使過度，為憲思所劾，左授坊州刺史。未幾，除益州大都督府長史。[9]

宋・歐陽修、宋祁撰：《新唐書・百官志二》〈門下省・注〉：「武后光宅元年曰納言，垂拱元年改門下省曰鸞臺。」第4冊，卷47，頁1206。

[6] 唐・劉肅撰：《大唐新語》，卷8，頁124。

[7] 宋・歐陽修、宋祁撰：《新唐書・百官志一》〈吏部・注〉：「武后光宅元年改吏部曰天官。」第4冊，卷46，頁1187。

[8] 宋・歐陽修、宋祁撰：《新唐書》第13冊，卷114，頁4203。

[9] 後晉・劉煦等撰：《舊唐書》第9冊，卷94，頁2992。

神龍元年（西元705年），武則天病危，秋官尚書張柬之等五人合謀復辟，於玄武門擒斬佞臣張易之、張昌宗兄弟，擁立太子李顯，復國號為唐，是為唐中宗。味道因親附張易之兄弟，貶授郿州刺史，俄而復為益州大都督府長史，未行而卒，贈冀州刺史。《舊唐書》（卷94）及《新唐書》（卷114）列傳，謂味道年五十八而卒，然其詳細生卒年月，均未有明確記載，故據以判斷，神龍元年（西元705年），張易之兄弟被誅之前，味道應還健在，遭貶謫不久而亡；以此上推其生年，最早當在太宗貞觀22年（西元648年）。

味道才學識度，物望攸歸，郎中張元一稱其為九月得霜鷹，俊捷也。[10]然味道卻一生浮沉宦海，前後居相位數年而無建樹。嘗三月降雪，以為祥瑞，草表將賀，為人止之。[11]初拜相門時，人問曰：「方事之殷，相公何以燮和。」但以手摸床稜而已。[12]並謂人曰：「處事不欲決斷明白，若有錯誤，必貽咎譴，但摸稜

[10] 唐・張鷟《朝野僉載》：「蘇味道才學識度，物望攸歸；王方慶體質鄙陋，言詞魯鈍，智不逾俗，才不出凡，俱為鳳閣侍郎。或問元一曰：『蘇、王孰賢？』答曰：『蘇九月得霜鷹 ，王十月被凍蠅。』或問其故，答曰：『得霜鷹俊捷，被凍蠅頑怯。』時人謂能體物也。」收入《景印文淵閣四庫全書》第1035冊（臺北：臺灣商務印書館，1983年－1986年），卷4，頁3-4。

[11] 唐・劉肅《大唐新語》卷九〈諛佞〉載：「則天朝，嘗三月降雪，鳳閣侍郎蘇味道等以為祥瑞，草表將賀。左拾遺王求禮止之。味道曰：『國家事，何為誑妄以賀朝庭？』求禮曰：『宰相不能燮理陰陽，令三月降雪。此災也，乃誣為瑞。若三月雪是瑞雪，臘月雷當為瑞雷耶？』舉朝善之，遂不賀。」頁142。

[12] 參見宋・王讜撰：《唐語林》，收入《景印文淵閣四庫全書》第1038冊（臺北：臺灣商務印書館，1983年－1986年），卷5，頁23。

以持兩端可矣。」[13]故世人號為「摸稜手」、「蘇摸稜」或「摸床稜宰相」。《舊唐書》載：

> 乾封中，蘇味道為天官侍郎，審言預選，試判訖，謂人曰：「蘇味道必死。」人問其故，審言曰：「見吾判，即自當羞死矣！」[14]

暫不論杜審言與蘇味道間是否真有其事，[15]然由此可體現出，後人對味道決事不欲明白，遇事無所擔當之諷。味道處事雖摸稜不決，但對其弟味玄卻甚相友愛，味玄若請託之事不遂，往往當面加以凌折，味道怡然對之，不以為忤，世人稱焉。

---

[13] 後晉・劉煦等撰：《舊唐書》第9冊，卷94，頁2991。

[14] 同前註，第15冊，卷190上，頁4999。

[15] 李立樸譯注《唐才子傳全譯》卷第一〈杜審言〉篇後注曰：「此事原出晚唐筆記小說《譚賓錄》（見《太平廣記》卷二六五引），兩《唐書》本傳皆錄之，為辛氏所本。然審言有〈贈蘇味道〉詩，寫其對蘇傾慕之情，故此事未必屬實。」（貴陽：貴州人民出版社，1994年2月，頁46。）經查《筆記小說大觀叢刊索引》（臺北：新興書局，1981年12月），未見《譚賓錄》一書，辛氏所本既為兩《唐書》本傳，事見於正史記載，或為可信。且杜審言〈贈蘇味道〉詩：「北地寒應苦，南庭戍未歸。邊聲亂羌笛，朔氣卷戎衣。雨雪關山暗，風霜草木稀。胡兵戰欲盡，虜騎獵猶肥。雁塞何時入，龍城幾度圍。據鞍雄劍動，插筆羽書飛。輿駕還京邑，朋遊滿帝畿。方期來獻凱，歌舞共春輝。」（收入清・聖祖御製《全唐詩》第3冊，北京：中華書局，1979年8月，卷62，頁738-739。）詩中主要在描述邊塞之苦寒與爭戰的場面，期待好友能早日凱旋，歌舞昇平。又明・胡震亨《唐音癸籤》載：「杜必簡（審言字）未見替人之譃，非侮宋也。宋與杜差肩交，正挹宋深聊戲耳。」（收入《景印文淵閣四庫全書》第1482冊，臺北：臺灣商務印書館，1983年－1986年，卷25，頁1。）同理可見，審言與味道同時，且共稱為「文章四友」之一，故此言「味道必死」，應有其事，但非侮蘇，乃戲之也。載錄其事，以供參酌。

參、作品內容評析

《全唐詩》刊本，今以康熙揚州詩局本《御定全唐詩》為上，茲據以為主，並以清・錢謙益、季振宜遞輯《全唐詩稿本》、唐・徐堅等撰《初學記》（古香齋本）、宋・計有功《唐詩紀事》（貝葉山房張氏藏版）、宋・李昉等編《文苑英華》（「武英殿聚珍版書」本）、元・方回《瀛奎律髓》（四庫善本叢書館借中央圖書館藏明本景印），及明・毛晉編《唐人選唐詩》（明崇禎元年虞山毛氏汲古閣刊本）等校之，據此評析蘇味道詩十六首。依作品內容之不同，可歸納為三大類，茲分述於下：

一、應制贈答

初春行宮侍宴應制得天字

溫液吐涓涓，跳波急應弦。簪裾承睿賞，花柳發韶年。聖酒千鍾洽，宸章七曜懸。微臣從此醉，還似夢鈞天。[16]

此詩為五律仄起入韻式，用下平聲一先韻，韻腳是：涓、弦、年、懸、天。這是一首應制而作的詩，所謂「應制」，為舊時臣子奉皇帝之命所作之詩，亦包括臣僚對皇帝某一詩篇的唱和之作，唐宋以後多以「應制」為標題。而古時數人聚會作詩，共同選定數字為韻，並由各人分拈韻字，依韻賦詩，稱為「分韻」；味道於此拈得「天」字為韻。首聯以「涓涓」之「溫液」及「應弦」之「跳波」，描述初春行宮的景象，而侍宴群臣，年

[16] 以下所引蘇味道詩，皆據清・聖祖御製《全唐詩》第3冊（北京：中華書局，1979年8月），卷65，頁752-755。未免冗贅，故不逐一標註。

少得志，顯貴榮耀，飲酒賦詩，盡情享樂。然「微臣從此醉」，是淋漓暢飲後之大醉，亦是詩人沉醉在美妙樂音，宴饗的歡愉氣氛中。《史記》卷四十三〈趙世家〉載：「趙簡子疾，五日不知人，大夫皆懼。……居二日半，簡子寤。語大夫曰：『我之帝所甚樂，與百神游於鈞天，廣樂九奏萬舞，不類三代之樂，其聲動人心。』」[17]後鈞天因用做詠天上仙樂的典故，常用作宮庭音樂的美稱。詩人於半夢間，恍如置身在天庭宮闕，寫出了宮中宴樂的繁華盛況。又一首：

奉和受圖溫洛應制

綠綺膺河檢，清壇俯洛濱。天旋俄制蹕，孝享屬嚴禋。陟配光三祖，懷柔洎百神。霧開中道日，雪斂屬車塵。預奉咸英奏，長歌億萬春。

全首十句，兩兩對仗，與律句的平仄相同，故應是一首「排律」。用上平聲十一真韻，韻腳為：濱、禋、神、塵、春。

這是一首歌頌帝王功德的應制詩，據唐・瞿曇悉達《唐開元占經》載：「《尚書中候》曰：河出龍圖，赤文像字，以授軒轅。」[18]後因稱帝王受命登位為受圖。而「溫洛」則為古代傳說，謂王者如有盛德，則洛水先溫，故稱溫洛。《文心雕龍》

[17] 漢・司馬遷撰：《史記》第6冊（北京：中華書局，1963年6月），頁1786-1787。

[18] 唐・瞿曇悉達撰：《唐開元占經》，收入《景印文淵閣四庫全書》第807冊（臺北：臺灣商務印書館，1983年－1986年），卷120，頁2。

卷一〈正緯〉：「贊曰：榮河溫洛，是孕圖《緯》。」[19]後注引《易緯乾鑿度》卷下：「孔子曰：帝德之應，洛水先溫，九日後五日變為五色。」[20]詩中以「綠綺河檢」、「清壇洛濱」、「天旋制蹕」形容皇帝之氣勢威儀，並透過「孝享嚴禋」、「陟配三祖」、「懷柔百神」等句的描述，體現出君王仁孝之德，以致霧開雪斂，咸英長歌，一派雍和富麗的景象湧現眼前，是一首典型的應制之作。又一首：

使嶺南聞崔馬二御史並拜臺郎

振鷺齊飛日，遷鶯遠聽聞。明光共待漏，清鑒各披雲。喜得廊廟舉，嗟為臺閣分。故林懷柏悅，新幄阻蘭薰。冠去神羊影，車迎瑞雉群。遠從南斗外，遙仰列星文。

古詩的平仄，不宜入律，換言之，古詩用字，要避免與律句的平仄相同。然受律詩的影響，詩人在創作古詩中，難免有借鑒或吸取律詩形式技巧的情形。如此詩共十二句，幾乎通首對仗。當中「冠去神羊影」、「車迎瑞雉群」兩句，平仄相反，且入律。用上平聲十二文韻，韻腳為：聞、雲、分、薰、群、文。

詩中敘述當味道聽聞崔馬二御史並拜臺郎之際，深感榮焉，句中一「喜」、一「嗟」，讚歎激賞之情溢於言表。於開頭四句即點出崔馬二人升官之事，其後又借「故林懷柏悅，新幄阻蘭薰。」再次強調二人自御史遷新職，衣冠車駕均皆汰換，即使遠在千里之外，亦要敬伸賀意。元・方回《瀛奎律髓》卷二〈朝省

[19] 梁・劉勰著，王更生注譯：《文心雕龍讀本》上篇，卷1，頁53。
[20] 同前註，頁59。

類〉於味道詩後載：「唐人自御史除省郎至以為榮，柳子厚以御史得禮部自謂過分是也，此詩於御史除省郎，曲盡體貼。」[21]又一首：

贈封御史入臺

故事推三獨，茲辰對兩闈。夕鴉共鳴舞，屈草接芳菲。盛府持清橐，殊章動繡衣。風連臺閣起，霜就簡書飛。凜凜當朝色，行行滿路威。惟當擊隼去，復睹落鵰歸。

全詩十二句，兩兩相對，其中「故事推三獨」與「茲辰對兩闈」，「惟當擊隼去」與「復睹落鵰歸」兩兩對仗，且平仄入律。用上平聲五微韻，韻腳是：闈、菲、衣、飛、威、歸。

此詩開頭以「三獨」、「兩闈」，表示御史高官顯耀，位居要津，且「清橐」、「簡書」為其所持，就其而飛，自是威風凜凜，不可一世，故末二句期勉其擊隼去惡，伸張正義，此乃贈答之典型。又一首：

始背洛城秋郊矚目奉懷臺中諸侍御

薄遊忝霜署，直指戒冰心。荔浦方南紀，蘅皋暫北臨。山晴關塞斷，川暮廣城陰。埸圃通圭甸，溝塍礙石林。野童來捃拾，田叟去謳吟。蟋蟀秋風起，蒹葭晚露深。帝城猶鬱鬱，征傳幾駸駸。迴憶披書地，勞歌謝所欽。

[21] 元・方回編：《瀛奎律髓》，收入《景印文淵閣四庫全書》第1366冊（臺北：臺灣商務印書館，1983年－1986年），卷2，頁2。

全詩十六句，詩中「忝霜署」、「通圭甸」為「仄平仄」、「平平平」，出現「孤平」與「三平調」的句式，此可避免入律，合乎古詩的韻律。用下平聲十二侵韻，韻腳是：心、臨、陰、林、吟、深、駸、飲。

這是一首奉懷臺中諸侍御之詩，故詩人首先即以「忝」、「戒」二字，表示任職御史自重戒慎之心，其後八句寫其職務的辛勤與愛民之深切。故雖已時盡天寒歲暮，帝京依舊，但征傳頻催，因此背離洛城，而以勞歌謝之，最後以「迴憶」二字，呼應「奉懷」之題。又一首：

和武三思於天中寺尋復禮上人之作

> 藩戚三雍暇，禪居二室隈。忽聞從桂苑，移步踐花臺。敏學推多藝，高談屬辯才。是非寧滯著，空有掠嫌猜。五行幽機暢，三蕃妙鍵開。味同甘露灑，香似逆風來。砌古留方石，池清辨燒灰。人尋鶴洲返，月逐虎谿迴。企躅瞻飛蓋，攀遊想渡杯。願陪為善樂，從此去塵埃。

全詩二十句，均為對仗，其中「人尋鶴洲返，月逐虎谿迴」，下三字為「仄平仄」及「三平調」，合乎古詩韻律。然其餘對句，如：「忽聞從桂苑，移步踐花臺」、「是非寧滯著，空有掠嫌猜」、「味同甘露灑，香似逆風來」、「企躅瞻飛蓋，攀遊想渡杯」、「願陪為善樂，從此去塵埃」等，皆入律。用上平聲十灰韻，韻腳為：隈、臺、才、猜、開、來、灰、迴、杯、埃。

此詩為唱和之作，讚頌上人修行有道。而武三思為武則天侄，并州文水（今山西文水東）人，為唐朝佞臣，糾集私黨，排斥正人，使中宗朝政事日益敗壞。蘇味道此詩即和其〈秋日于天中寺尋復禮上人〉詩：「妙域三時殿，香巖七寶宮。金繩先界道，玉柄即談空。喻筏知何極，傳燈竟不窮。彌天高義遠，初地勝因通。理詣歸一處，心行不二中。有無雙惑遣，真俗兩緣同。摘葉疑焚翠，投花若散紅。網珠遙映日，檐鐸近吟風。定沼寒光素，禪枝暝色葱。願隨方便力，長冀釋塵籠。」[22]其中「味同甘露灑，香似逆風來」兩句，以甘露、香風，比擬其不凡之風貌，後則以「鶴洲返」[23]、「虎谿迴」[24]、「想渡杯」[25]等充滿禪境的典故，透露出修道之心意。又一首：

嵩山石淙侍宴應制

　　琱輿藻衛擁千官，仙洞靈谿訪九丹。隱曖源花迷近路，参

22 收入清・聖祖御製《全唐詩》第3冊，卷80，頁867。

23 此應用「白鶴歸」之典，東晉・陶潛《搜神後記》：「丁令威本遼東人，學道于靈虛山。後化鶴歸遼，集城門華表柱。時有少年舉弓欲射之，鶴乃飛，徘徊空中而言曰：『有鳥有鳥丁令威，去家千年今始歸。城郭如故人民非，何不學仙冢壘壘。』遂高上冲天。今遼東諸丁云其先世有仙者，但不知名字耳。」（收入《景印文淵閣四庫全書》第1042冊，臺北：臺灣商務印書館，1983年－1986年，卷1，頁1。）後喻學道成仙或慨嘆人世滄桑。

24 虎溪，在江西省九江市南廬山東林寺前。相傳晉・慧遠法師居此，送客不過溪，過此，虎輒號鳴，故名虎溪。後因用「虎溪」作為詠高僧的典故。

25 南朝梁・釋慧皎《高僧傳》卷十〈神異下・宋京師杯度〉：「杯度者，不知姓名，常乘木杯度水，因而為目。初見在冀州。不修細行，神力卓越，世莫測其由來。嘗於北方寄宿一家，家有一金像，度竊而將去。家主覺而追之，見度徐行，走馬逐而不及。至孟津河，浮木杯於水，憑之度河，無假風棹，輕疾如飛。俄而度岸，達于京師。」（見湯用彤校注：《高僧傳》，北京：中華書局，1992年10月，頁378-379。）後用以比喻高僧的行蹤及道行，或泛指僧人雲游所攜之物。

差嶺竹拂危壇。重崖對聳霞文駁，瀑水交飛雨氣寒。天洛宸襟有餘興，裴回周曬駐歸鑾。

此為七言律詩平起入韻式，末聯首句「天洛宸襟有餘興」，第六字「餘」拗作平，須用第五字「有」仄聲救之，是為「單拗」。而末聯對句「裴回周曬駐歸鑾」，第三字「周」本應仄，而拗作平，但仍是合律，可不救。用上平聲十四寒韻，韻腳為：官、丹、壇、寒、鑾。

這首為應制之詩，首聯的「仙洞靈谿」、頷聯的「參差嶺竹」、頸聯的「瀑水交飛」，純然在描寫嵩山石淙之勝境，因此天子車駕亦流連不返，詩人為侍宴應酬而寫，無甚深意。

二、詠物記事

詠霧

氤氳起洞壑，遙裔匝平疇。乍似含龍劍，還疑映蜃樓。拂林隨雨密，度徑帶煙浮。方謝公超步，終從彥輔遊。

此詩首聯出句「氤氳起洞壑」，本應「平平平仄仄」，今作「平平仄仄仄」；對句「遙裔匝平疇」，本應「仄仄仄平平」，今作「平仄平平平」，是為雙拗；而以第三字「匝」，雙救「起」、「遙」二字。為五律平起不入韻式，用下平聲十一尤韻，韻腳是：疇、樓、浮、遊。

這是一首詠物詩，詩中敘述煙霧雲氣起自山谷，廣布四野，似有孕育寶劍的靈氣，又疑似海中樓臺的美景。掠過樹林隨雨而密，帶著浮煙經過小徑，當霧氣漸散後，即能一睹天空的清朗開闊。全詩描寫霧景，並借「公超」[26]、「彥輔」[27]之典詠霧，以古人的特質，呈現出不同的詩境。又一首：

詠虹

紆餘帶星渚，窈窕架天潯。空因壯士見，還共美人沉。逸照含良玉，神花藻瑞金。獨留長劍彩，終負昔賢心。

此詩律古參半，前四句與格律不合，「帶星渚」、「壯士見」兩句之末三字「仄平仄」、「仄仄仄」是為古句形式，後四句始合律。用下平聲十二侵韻，韻腳是：潯、沉、金、心。

首聯以「紆餘」、「窈窕」形容虹高掛天際的姿態，而以「良玉」、「瑞金」描寫虹光輝燦爛的氣勢，頷聯以美人代指虹，[28]末

[26] 張楷，字公超，東漢時學者，能作霧。為躲避來訪者，隱居於弘農山中，眾多從學者追隨而來。南朝宋・范曄《後漢書》卷三十六〈張霸傳〉附〈張楷傳〉載楷：「性好道術，能作五里霧。」（北京：中華書局，1973年8月，第6冊，頁1243。）又謂其：「通《嚴氏春秋》、《古文尚書》，門徒常百人。賓客慕之，自父黨夙儒，偕造門焉。車馬填街，徒從無所止，黄門及貴戚之家，皆起舍巷次，以候過客往來之利。楷疾其如此，輒徙避之。」（同上，頁1242-1243。）

[27] 樂廣字彥輔，衛伯玉稱樂廣給人以披雲霧而睹青天之感。南朝宋・劉義慶《世說新語》卷中〈賞鑒〉第八：「衛伯玉為尚書令，見樂廣與中朝名士談議，奇之，曰：『自昔諸人沒已來，常恐微言將絕，今乃後聞斯言於君矣！』命子弟造之，曰：『此人，人之水鏡也，見之若披雲霧睹青天。』」見徐震堮著：《世說新語校箋》（臺北：文史哲出版社，1985年7月），頁238。

[28] 《爾雅》卷五〈釋天〉：「螮蝀謂之雩。螮蝀，虹也。」晉・郭璞注：「俗名為美人虹，江東呼雩。」（見李學勤主編：《十三經注疏・爾雅注疏》，北京：北京大學出版社，1999年12月，頁174。）南朝宋・劉敬叔《異苑》：「古語有之曰：『古者有夫妻，荒年菜食而死，俱化成

聯則以荊軻與燕太子丹，白虹貫日未竟之事來詠虹。[29]詩人以交錯的筆法，呈現出虹的不同面貌，使詩意靈動而不呆滯，且全詩四聯均對仗，可見詩人之匠心。又一首：

詠霜

金祇暮律盡，玉女暝氛歸。孕冷隨鐘徹，飄華逐劍飛。帶日浮寒影，乘風進晚威。自有貞筠質，寧將庶草腓。

首句「金祇暮律盡」，第一字「金」為「平」，故第三字「暮」拗作「仄」，仍是合律，下句可不救。頸聯出句「帶日浮寒影」之「日」、「寒」二字，與頷聯對句「飄華逐劍飛」之「華」、「劍」二字，平仄相反；又末聯出句「自有貞筠質」之「有」、「筠」二字，與頸聯對句「乘風進晚威」之「風」、「晚」二字，平仄亦相反，是為「失黏」。為五言平起不入韻式，用上平聲五微韻，韻腳是：歸、飛、威、腓。

詩中以「暮律盡」、「暝氛歸」，描述深秋霜重的蕭瑟

青絳，故俗呼美人虹。』郭云：『虹為雩，俗呼為美人。』」收入《景印文淵閣四庫全書》第1042冊（臺北：臺灣商務印書館，1983年－1986年），卷1，頁1。

[29] 漢．司馬遷《史記》卷八十三〈魯仲連鄒陽列傳〉：「昔者荊軻慕燕丹之義，白虹貫日，太子畏之。」南朝宋．裴駰〈集解〉：「應劭曰：『燕太子丹質於秦，始皇遇之無禮，丹亡去，故厚養荊軻，令西刺秦王。精誠感天，白虹為之貫日也。』如淳曰：『白虹，兵象日為君。』《列士傳》曰：『荊軻發後，太子自相氣，見虹貫日不徹，曰："吾事不成矣"。後聞軻死事，不立，曰："吾知其然也"。』」（第8冊，頁2470。）此謂荊軻刺秦王德感上蒼而終未成功，故前句「空因壯士見」之「壯士」，應是指荊軻而言。

晦暗，一股寒冷之氣，由「徹」、「飛」二字沁人心脾，帶日而寒，乘風而威，使人無所遁逃，然即使眾草衰敗，自有常青不變的筠竹。末聯以「貞筠」、「庶草」對舉，一「質」、一「腓」，以自然界的物象，表現季節的更替。又一首：

詠井

玲瓏映玉檻，澄澈瀉銀床。流聲集孔雀，帶影出羵羊。桐落秋蛙散，桃舒春錦芳。帝力終何有，機心庶此忘。

此詩平仄不合律，「映玉檻」、「集孔雀」、「春錦芳」、「庶此忘」等末三字，為「下三仄」或為「平仄平」，為古句的形式，故應是五言古詩。用下平聲七陽韻，韻腳是：床、羊、芳、忘。

首二句以「玉檻」、「銀床」形容井欄的美好，其後又以「集孔雀」[30]、「出羵羊」[31]等故實來表示井的特殊性，而最後卻從「桐落」、「桃舒」，四季的遞移中，感悟鑿井而飲，耕田而食，亦是人生至境。故「帝力何有」[32]、「機心此忘」，方是

[30] 南朝宋‧劉敬叔《異苑》卷一：「蘭陵昌慮縣郳（郳）城有華山，山上有井，鳥巢其中，金喙黑色而團翅。此鳥見則大水，井又不可窺，窺者不盈一歲輒死。」（卷1，頁4-5。）詩中所言之孔雀，應是指此金喙黑色而團翅之鳥。

[31] 三國吳‧韋昭注《國語》卷五〈魯語下〉：「季桓子穿井，獲如土缶，其中有羊焉。使問之仲尼曰：『吾穿井而獲狗，何也？』對曰：『以丘之所聞，羊也。丘聞之：木石之怪曰夔、魍魎，水之怪曰龍、罔象，土之怪曰墳羊。』」收入《景印文淵閣四庫全書》第406冊（臺北：臺灣商務印書館，1983年—1986年），頁10。

[32] 宋‧郭茂倩編《樂府詩集》第八十三卷〈雜歌謠辭‧擊壤歌〉：「日出

詩人詠井之深意。又一首：

詠石

濟北甄神貺，河西濯錦文。聲應天池雨，影觸岱宗雲。燕歸猶可候，羊起自成群。何當握靈髓，高枕絕囂氛。

此詩頷聯出句「應」、「池」二字，與首聯對句「西」、「錦」二字，平仄相反；又頸聯出句「歸」、「可」二字，與頷聯對句「觸」、「宗」二字，平仄相反；是為「失黏」。末聯出句第四字「靈」拗作平，而以本句第三字「握」仄聲救之，是為「單拗」。屬五言仄起不入韻式，用上平聲十二文韻，韻腳是：文、雲、群、氛。

詩中以「甄神貺」、「濯錦文」、「天池雨」、「岱宗雲」等特殊的景況，詠石經過日月精華的涵泳孕育，自當有「燕歸可候」[33]、「羊起成群」[34]之靈性。然末聯詩人則希望能

而作，日入而息，鑿井而飲，耕田而食，帝何力於我哉？」（北京：中華書局，1998年11月），第4冊，頁1165。

[33] 零陵山有石似燕，傳說遇風雨則大石小石相隨飛舞，風雨停，仍還原為石。北魏・酈道元《水經注》卷三十八〈湘水〉：「東南流逕石燕山東，其山有石，紺而狀燕，因以名山。其石或大或小，若母子焉。及其雷風相薄，則石燕群飛，頡頏如真燕矣。」收入《景印文淵閣四庫全書》第573冊（臺北：臺灣商務印書館，1983年—1986年），頁8。

[34] 指皇初平叱石成羊。晉・葛洪《神仙傳》卷二〈皇初平〉：「皇初平者，丹谿人也。年十五家使牧羊。有道士見其良謹，使將至金華山石室中，四十餘年忽然不復念家。其兄初起行山索初平，歷年不能得見。後在市中有道士，善卜，……即隨道士去尋求，果得相見。兄弟悲喜，因問弟曰：『羊皆何在？』初平曰：『羊近在山東。』初起往視，了不見羊，但見白石無數。還，謂初平曰：『山東無羊也。』初平曰：『羊在

藉著擁有靈石，以絕去塵俗而無憂。「靈髓」應為道家傳說中的一種「石髓」，吃了可以長生不老。晉・葛洪《神仙傳》卷六〈王烈〉：「王烈，字長休，邯鄲人。常服黃精并鍊鉛，年二百三十八歲，有少容，登山如飛，少為書生，嵇叔夜與之游。烈嘗入太行山，聞山裂聲，往視之，山斷數百丈，有青泥出如髓。取摶之，須臾成石，如熱臘之狀，食之，味如粳米。《仙經》云：『神仙五百歲輒一開，其中有髓，得服之者，舉天地齊畢。』」[35]詩人從神話傳說中，流露出慕仙的情懷。

三、對景抒懷

單于川對雨　二首之一

崇朝遘行雨，薄晚屯密雲。緣階起素沫，竟水聚圓文。河柳低未舉，山花落已芬。清尊久不薦，淹留遂待君。

此詩平仄，不依格律，拗亂甚多；「遘行雨」、「屯密雲」、「久不薦」等末三字格律「仄平仄」、「平仄平」，是古句的形式，故為古風式的律詩，亦稱「拗律」[36]。用上平聲十二

耳，但兄自不見之。』初平便乃俱往看之。乃叱曰：『羊起。』於是白石皆變為羊數萬頭。」收入《景印文淵閣四庫全書》第1059冊（臺北：臺灣商務印書館，1983年—1986年），頁1。

[35] 晉・葛洪撰：《神仙傳》，卷6，頁11。

[36] 王子武《中國詩律研究》第二章第三十二節〈古風式的律詩〉：「律詩有三個要素：第一是字數合律，五言詩四十個字，七言詩五十六個字；第二是對仗合律，中兩聯必須講對仗；第三是平仄合律，每句平仄須依一定的格式，並且講究黏對。如果三個要素具備，就是純粹的律詩；如果只具備前兩個要素，就是古風式的律詩，亦稱「拗律」；如果只具備第一個要素，就不算是律詩，只是字數偶然相同而已。」（臺北：文津

文韻，韻腳是：雲、文、芬、君。

這首詩描寫雨景，敘述早上遇雨，至傍晚仍濃雲密佈；並以「素沫」、「圓文」，形容雨水落地的景象。然河柳、山花，因為雨而「低未舉」、「落已芬」；而清尊也已久未薦，此次的逗留，也是因為這場雨。詩人由天候的變化，到外界物象的景觀，至自我的現狀，於平鋪直敘中，讓人感到一股如雨水宣泄般的流暢之感。又一首：

單于川對雨　二首之二

飛雨欲迎旬，浮雲已送春。還從濯枝後，來應洗兵辰。氣合龍祠外，聲過鯨海濱。伐邢知有屬，已見靜邊塵。

此詩頷聯出句「還從濯枝後」作「平平仄平仄」，是單拗，故以「枝」平聲，救「濯」仄聲，本句自救。頸聯「聲過鯨海濱」句，「鯨」字孤平，不合律。全詩應屬五律仄起入韻式，用上平聲十一真韻，韻腳是：旬、春、辰、濱、塵。

詩中描寫大雨下了將近數十日，時節已是春末夏初，將要出征的軍隊，正遇著農曆五、六月間的「濯枝雨」。唐・徐堅等撰《初學記》卷二，引晉・周處《風土記》：「六月有大雨，名濯枝雨。」[37]但將士們的精神不減，軍容壯大，氣勢旺盛，有如當時衛人伐邢，[38]師興而雨，是天命之所歸，故安定邊境將指日可

出版社，1987年8月），頁449。

[37] 唐・徐堅等撰：《初學記》，收入《景印文淵閣四庫全書》第890冊（臺北：臺灣商務印書館，1983年－1986年），卷2，頁2。

[38] 邢，古國名。周公之子封於此，春秋時被衛所滅。故地在今河北省邢臺

待。出征遇雨應是倍加難行，但詩人卻以「伐邢」之事來激勵士氣，然有了必勝的信心，即能無堅不摧，攻無不克，於自勵自勉中，體現勝利的希望。又一首：

正月十五夜

火樹銀花合，星橋鐵鎖開。暗塵隨馬去，明月逐人來。遊伎皆穠李，行歌盡落梅。金吾不禁夜，玉漏莫相催。

詩中第三、四、五句首字，本應「平」而用「仄」，或本應「仄」而用「平」，可不救，合律。首聯對起，頷頸兩聯，對仗工整。為五律仄起不入韻式，用上平聲十灰韻，韻腳是：開、來、梅、催。

此詩描寫正月十五日元宵夜的熱鬧景象，一開始即以「火樹」、「銀花」、「星橋」比喻燦爛奪目的燈景；其後「暗塵隨馬」、「明月逐人」，一去一來，交錯紛擾的嬉游場面，已如在目前；而美女出游，行歌於錦街天陌，整夜的歡娛，令人不忍歸去。唐・韋述《西都雜記》：「西都京城街衢，有金吾曉暝傳呼，以禁夜行；惟正月十五日夜，敕許金吾弛禁，前後各

縣西南。《左傳》卷第十四〈僖公十九年〉：「秋，衛人伐邢，以報莵圃之役。於是衛大旱，卜有事於山川，不吉。甯莊子曰：『昔周饑，克殷而年豐。今邢方無道，諸侯無伯，天其或者欲使衛討邢乎？』從之，師興而雨。」（見李學勤主編：《十三經注疏・春秋左傳正義》上，北京：北京大學出版社，1999年12月，頁394-395。）後因以「伐邢」作為求雨解旱的典故。詩中用以借指此次出征遇雨，如當時衛伐邢，師興而雨，天命也。

一日。」[39]故舊俗在每年農曆正月十五日元宵夜，及其前後各一日，命令金吾衛取消夜禁，京城衢准許人民終宵歡樂，稱「金吾不禁」。全詩以平實自然的語辭，表現出無限的韻致。宋・王讜《唐語林》載：「蘇味道詞亞于李嶠，時稱蘇李。崔融嘗戲蘇曰：『我詞不如公有銀花合也。』」[40]另唐・劉肅《大唐新語》卷八〈文章〉亦載：「神龍之際，京城正月望日，盛飾燈火之會，金吾弛禁，特許夜行，貴遊戚屬，及下隸工賈，無不夜遊。車馬駢闐，人不得顧。王主之家，馬上作樂以相誇競，文士皆賦詩一章，以紀其事。作者數百人，唯中書侍郎蘇味道、吏部員外郭利貞、殿中侍御史崔液三人為絕唱。」[41]又一首：

九江口南濟北接蘄春南與潯陽岸

江路一悠哉，滔滔九派來。遠潭昏似霧，前浦沸成雷。鱗介多潛育，漁商幾泝洄。風搖蜀柹下，日照楚萍開。近漱湓城曲，斜吹蠡澤隈。錫龜猶入貢，浮獸罷為災。津吏揮橈疾，郵童整傳催。歸心詎可問，為視落潮迴。

全詩十六句，其中「遠潭昏似霧，前浦沸成雷」、「鱗介多潛育，漁商幾泝洄」、「近漱湓城曲，斜吹蠡澤隈」、「錫龜猶入貢，浮獸罷為災」等聯對仗，且平仄相反與律詩同，是為入

[39] 見宋・祝穆撰：《古今事文類聚・金吾禁夜》引，收入《景印文淵閣四庫全書》第925冊（臺北：臺灣商務印書館，1983年－1986年），前集卷7，頁1-2。

[40] 宋・王讜撰：《唐語林》，卷5，頁17。

[41] 唐・劉肅撰：《大唐新語》，卷8，頁127-128。

律古風。用上平聲十灰韻，韻腳為：哉、來、雷、洄、開、隈、災、催、迴。

這是一首描述九江南邊渡口的情景，江水匯集百川，一路流瀉而來，接著三、四句言「昏似霧」、「沸成雷」，將一後一前的景觀，形成明顯的對比，其後數句寫江水孕育豐盛之資源，且平靜無災，故津吏、郵童歸心若疾，端視江水之漲落。全首以平穩的句法娓娓寫來，一如江水一路悠悠而來。

肆、結語

綜觀蘇味道詩十六首，就不同版本校定之，發現若干異文。然就詩之內容而言，可大別為三：一為應制贈答之作，七首，敘述句法不出工麗富豔；二為詠物記事之作，五首，多典實雕巧之語；三為對景抒懷之作，四首，筆觸平實，詞采華茂。又就其格律而言，多五言律詩及五言古詩，七言律詩僅一首。惟味道作詩，所用格律，並不純粹，於律詩中雜用古詩句法，而於古詩中卻常有入律之句。味道在世之時（西元648—705年），應屬初唐時期（西元618—712年），清・葉燮《原詩》卷一〈內篇上〉曰：「唐初沿其卑靡浮豔之習，句櫛字比，非古非律，詩之極衰也。」[42]因此初唐的詩壇尚因襲著漢魏六朝的餘風，味道之詩，固非一流佳作，但對於開啟盛唐詩的氣象，及律詩格律的完成，有其草創之功，不容輕忽也。

[42] 清・葉燮撰：《原詩》，收入《續修四庫全書》第1698冊（上海：上海古籍出版社，2002年3月），卷1，頁8。

【參考文獻】

一、古籍（依作者朝代先後排列）

漢・司馬遷撰：《史記》，北京：中華書局，1963年。

晉・陶潛撰：《搜神後記》，收入《景印文淵閣四庫全書》第1042冊，臺北：臺灣商務印書館，1983年－1986年。

晉・葛洪撰：《神仙傳》，收入《景印文淵閣四庫全書》第1059冊，臺北：臺灣商務印書館，1983年－1986年。

南朝宋・范曄撰：《後漢書》，北京：中華書局，1973年。

南朝宋・劉敬叔撰：《異苑》，收入《景印文淵閣四庫全書》第1042冊，臺北：臺灣商務印書館，1983年－1986年。

南朝宋・劉義慶撰，徐震堮著：《世說新語校箋》，臺北：文史哲出版社，1985年。

南朝梁・劉勰著，王更生注譯：《文心雕龍讀本》（全二冊），臺北：文史哲出版社，1986年。

南朝梁・釋慧皎撰，湯用彤校注：《高僧傳》，北京：中華書局，1992年。

唐・徐堅等撰：《初學記》，收入《景印文淵閣四庫全書》第890冊，臺北：臺灣商務印書館，1983年－1986年。

唐・張鷟撰：《朝野僉載》，收入《景印文淵閣四庫全書》第1035冊，臺北：臺灣商務印書館，1983年－1986年。

唐・瞿曇悉達撰：《唐開元占經》，收入《景印文淵閣四庫全書》第807冊，臺北：臺灣商務印書館，1983年－1986年。

唐・劉肅撰：《大唐新語》，北京：中華書局，1997年。

後晉・劉煦等撰：《舊唐書》（全十六冊），北京：中華書局，1975年。

宋・計有功撰：《唐詩紀事》，上海：上海教育書店，1948年。

宋・歐陽修、宋祁撰：《新唐書》（全二十冊），北京：中華書局，1975年。

宋・李昉等編：《文苑英華》，臺北：新文豐出版公司，1979年。

宋・王讜撰：《唐語林》，收入《景印文淵閣四庫全書》第1038冊，臺北：臺灣商務印書館，1983年－1986年。

宋・郭茂倩主編：《樂府詩集》（全四冊），北京：中華書局，1998年。

元・方回編：《瀛奎律髓》，收入《景印文淵閣四庫全書》第1366冊，臺北：臺灣商務印書館，1983年－1986年。

元・辛文房原著，李立樸譯注：《唐才子傳全譯》，貴陽：貴州人民出版社，1994年。

明・毛晉編：《唐人選唐詩》，臺北：臺灣大通書局，1973年。

明・胡震亨撰：《唐音癸籤》，收入《景印文淵閣四庫全書》第1482冊，臺北：臺灣商務印書館，1983年－1986年。

清・聖祖御製：《全唐詩》（全二十五冊），北京：中華書局，1979年。

清・錢謙益遞輯：《全唐詩稿本》（第四冊），臺北：聯經出版公司，1979年。

清・葉燮撰：《原詩》，收入《續修四庫全書》第1698冊，上海：上海古籍出版社，2002年。

二、近人著作（依作者姓氏筆畫排列）

王子武撰：《中國詩律研究》，臺北：文津出版社，1987年。

李立樸譯注：《唐才子傳全譯》，貴陽：貴州人民出版社，1994年。

中編

詞作選集

周密《絕妙好詞》版本體例及編選心態析論

壹、前言

一部詞選集，其輯錄之基礎，受編選者之生平經歷與主觀意識所影響；其編輯之體例及版本之刊刻，則為構成該選集形式上之主要特色與傳播情形之重要指標；而所謂「心態」，乃係指人心理活動之狀態與過程。故對於南宋周密所輯之《絕妙好詞》七卷，擬從以下「編者之生平簡介」、「編輯之版本與體例」及「編選之心態思維」等方面探討之。

貳、周密生平簡介

周密，字公謹，號草窗、蘋洲。先世濟南（今山東省濟南市）人，為當地望族，居歷山下，或居華不注之陽，因自署齊人、華不注山人及山東傖父；南渡後，寓居吳興（今浙江省湖州市），置業弁山，遂號弁陽老人；又以湖有霅溪，四水交流，遂號四水潛夫，後則長客臨安（今浙江省杭州市）。

周密生於宋理宗紹定5年（西元1232年），富春縣（今浙江省富陽縣）齋，「五世祖同州府君而上，種學績文，代有聞人。」[1]自幼即隨父周晉官客閩、浙等地，見聞益廣。其於〈齊

[1] 宋・周密撰：〈齊東野語自序〉，見宋・周密撰，張茂鵬點校：《齊東

東野語自序〉曰：

> 我先君博極群書，習聞臺閣舊事，每對客語，因吐洪暢，纚纚不得休。坐人傾聳敬嘆，知為故家文獻也。余齠侍膝下，竊剽緒餘，已有敘次。[2]

而周密氣度嫺雅、學識淵博，除得已家傳習，並獲外家教授。元・戴表元〈齊東野語序〉曰：

> 周子曰：「……外大父參預文莊章公，出入兩制。臺閣之舊章，官府之故事，汎濫淹注；童而受之，白首未忘。」[3]

此外，周密少年時曾肄業太學，亦嘗師事老儒姚鎔。南宋理宗寶佑2年（西元1254年），周密年二十三，試吏部銓第十三人，以大父澤初調建康府（今江蘇省江寧縣）都錢庫，嘗為臨安府（今浙江省杭州市）幕屬，監和濟藥局。理宗景定4年（西元1263年），限民田，朝廷命往毘陵（今江蘇省武進縣）督之，周密至則除其浮額十之三，大忤時宰賈似道意；周密乃以母病，歸養醫藥，去職返鄉。後於端宗景炎年間（西元1276—1277年），復起為婺州義烏（今浙江省義烏縣）令，少酬「平生及物榮親

野語》（北京：中華書局，2008年2月），頁4。

[2] 同前註。

[3] 元・戴表元撰：〈齊東野語序〉，見宋・周密撰，張茂鵬點校：《齊東野語》，頁1。

之志」[4]。

周密盛年，多與張樞、楊纘、吳文英、李彭老等幽人名士，結社交游，吟詠酬唱。南宋理宗景定5年（西元1264年），偕吟社諸友，避暑於西湖楊氏環碧園，探題賦詞，音極諧婉。周密能詩善畫，而歌詞尤工，實得楊纘為之酌定，[5]與王沂孫、張炎齊名。

南宋端宗景炎2年（西元1277年），周密年四十六，時元兵入侵，兵火毀家，遂解職歸里，去湖寓杭；宋亡，則隱居不仕，晚年抱遺民之痛，潛心撰述，並以留存故國文獻自任，輯錄家乘舊聞，著有：《草窗韻語》六卷、《蘋洲漁笛譜》二卷、《草窗詞》二卷、《絕妙好詞》七卷、《武林舊事》十卷、《齊東野語》二十卷、《浩然齋雅談》三卷、《雲烟過眼錄》四卷、《志雅堂雜鈔》一卷、《澄懷錄》二卷及《癸辛雜識》《前集》一卷、《後集》一卷、《續集》二卷、《別集》二卷等，著作宏富。元成宗大德2年（西元1298年），周密卒，年六十七；而後子孫不能守，家道中落矣。[6]

---

[4] 宋・周密撰：〈弁陽老人自銘〉，見明・朱存理撰：《珊瑚木難》，收入《叢書集成續編》第95冊（臺北：新文豐出版公司，1989年7月），卷5，頁5。

[5] 宋・周密〈木蘭花慢〉詞序曰：「西湖十景尚矣。張成子嘗賦〈應天長〉十闋，誇余曰：『是古今詞家未能道者。』余時年少氣銳，謂：『此人間景，余與子皆人間人，子能道，余顧不能道耶？』冥搜六日而詞成。成子驚賞敏妙，許放出一頭地。異日霞翁見之，曰：『語麗矣，如律未協何？』遂相與訂正，閱數月而後定。是知詞不難作，而難於改；語不難工，而難於協。翁往矣，賞音寂然。」收入唐圭璋編：《全宋詞》（北京：中華書局，1988年3月），第5冊，頁3264。

[6] 以上周密之生平考述，參元・戴表元撰《剡源集》卷第八〈周公謹弁陽詩序〉；明・朱存理撰《珊瑚木難》卷五〈弁陽老人自銘〉；清・陸心

參、《絕妙好詞》之版本與體例

周密所輯《絕妙好詞》之版本，依刊行內容，可分為：「詞集單行本」與「詞箋合刊本」兩大類，茲將其特色及異同，分述如次：

一、詞集單行本

周密《絕妙好詞》七卷，目前得見單刻行世之版本，主要有以下幾種：

（一）清初毛氏汲古閣抄本（以下簡稱「毛抄本」）

全書分為上、下二冊：

上冊——第一卷選錄張安國、……張武子等28位詞人，詞64闋。

第二卷選錄姜夔、……韓子畊等14位詞人，詞59闋。

第三卷選錄劉潛夫、……曾舜卿等30位詞人，詞62闋。

下冊——第四卷選錄吳君特、……施仲山等11位詞人，詞55闋。（案：施岳（仲山）詞「目錄」載「十一首」，惟就卷內所收，其〈清平樂〉（水遙花暝）一詞，闕漏不全，而以下又缺6闋；故若將

源輯撰《宋史翼》卷三十四〈周密〉；清・顧文彬編《草窗年譜》；夏承燾著《唐宋詞人年譜》：〈周草窗年譜〉及沅君撰〈南宋詞人小記〉：〈艸窗年譜擬稿〉、〈艸窗朋輩考〉、〈草窗詞學之淵源〉等。

〈清平樂〉（水遙花瞑）仍以一闋計，則實收施詞6闋，全卷共50闋。）

第五卷選錄陳君衡、……張成子等22位詞人，詞54闋。

第六卷選錄李商隱、……董明德等24位詞人，詞56闋。

第七卷選錄周公謹、……仇仁近等4位詞人，詞41闋。（案：趙與仁（元父）詞，於「詞目」中載「六首」，有〈浣溪沙〉一調，但卷內未收；另仇遠（仁近）詞，於「詞目」中載「三首」，有〈玉蝴蝶〉一調，卷內亦未收。故以上二闋，皆有目無詞，全卷實收39闋。）

凡七卷，共計選錄詞家133人，詞391闋（實收384闋），原則依作者之時代先後排列，書內題「弁陽老人緝」，卷前載有「目錄」，著錄詞人姓、字及詞作闋數；其後又詳列「詞目」，除載錄詞人別號、姓名、字及詞作數目外，並標明所收之詞調。現收藏於北京中國國家圖書館之「毛抄本」，於卷末附有宣統12年（西元1920年）歲次庚申孟烁（秋）之月歸安生朱孝臧〈跋〉。朱氏悉心勘校，本擬將是集匯刊入《彊邨叢書》，其〈跋〉語曰：

鶴逸先生出示所藏精鈔本，有毛氏子晉、斧季諸印，……卷二李鼐仲鎮姓字，諸刻皆脫去，其〈清平樂〉（亂雲將雨）一闋，遂誤屬李泳；卷七脫簡，趙與仁〈好事近〉詞後，存〈浣溪沙〉三字；仇遠〈生查子〉前，存「北山南」三字，知為〈玉胡蝶〉之（獨立軟紅）一闋；皆此本勝處，其它字句可諟正諸刻者，尤不勝枚舉。然亦不免小有譌異，而卷四施岳缺三十二行，詞六闋，並目亦佚去；蓋目為後人補編，非弁陽老人原本也。是書自沈伯時時，已惜其版不存；墨本亦有好事者傳之，今墨本不可復睹，此抄亦珍若星鳳矣。遂假錄一過，擬續棨入《彊邨叢書》中而記其大畧以歸之。[7]

是以此抄本最終雖不知何因未刊入《彊邨叢書》，但可確知其為明・毛晉汲古閣藏書，流傳時間較早；雖有闕漏，然詞集原貌或可藉以窺知，並得正後世諸刻之誤。今北京圖書館出版社《中華再造善本》叢書，據原書影印發行。

（二）清世宗雍正3年（西元1725年）項氏怡園刊本（項絪群玉書堂刻本，以下簡稱「項氏本」）

此《絕妙好詞》刊本，題「宋弁陽老人周密原輯」，線裝，全書一函四冊：

第一冊：卷一。
第二冊：卷二、卷三。
第三冊：卷四、卷五。
第四冊：卷六、卷七。

[7] 見宋・周密輯：《絕妙好詞》，收入《中華再造善本》叢書，清代編：集部下冊（北京：北京圖書館出版社，2003年8月），末頁。

卷首有〈序〉，為清世宗雍正乙巳（3年，西元1725年）七月，澹齋項絪書於白沙之怡園；後有〈題跋附錄〉：張炎、錢遵王、朱彝尊等跋語三則；書內載有「目錄」，著錄詞人姓名及選錄之詞數；全書凡132人，計詞382闋。另於書前扉頁及目錄後，分別有「雍正七年孟冬十月初二日」及「雍正六年七月初秋」，冷紅詞客江瀠題識二則；又天頭地腳尚有朱筆圈點、批註及增補。此外，卷內於每位詞人別號、姓名之下，簡述其爵里、生平與著作等；而每卷之末行，則標註勘定之人，分別為：

卷一：歙項絪澹齋勘定。
卷二：錢唐陳撰玉几同勘。
卷三：錢唐徐逢吉紫山、厲鶚太鴻仝勘。
卷四：錢唐金士奇繪卣、仁和張隆卜晴沙仝勘。
卷五：仁和趙昱谷林、錢唐江瀠冷紅仝勘。
卷六：桂林洪正治陔華、岑山程鳴松門仝勘。
卷七：錢唐符曾藥林、江都陸鍾暉渟川仝勘。桂溪項道暉曉巒覆勘。

「項氏本」之授受源流，據項絪〈序〉曰：

宋人之選宋詞，有《樂府雅詞》、《絕妙詞選》、《絕妙好詞》諸本，而草窗所輯，悉皆南渡以後諸賢，裁鑒尤為精審。近嘉善柯氏嘗從虞山錢氏鈔得藏本付梓，顧考錢氏述古堂題辭有云：「此本經前輩細看批閱，（按：或缺「姓氏」二字）下各朱標其出處里第。」今嘉善本皆無

> 之。長夏掩關無事，因繙繹故書，漫加蒐討，遂已十得八九，至前人評品與夫友朋談藪，其言有合及佚事可徵者，悉為採錄，系於本詞前後；惟七卷《中山邨詞》無以補綴，猶憾蟾兔之缺爾，因重為開雕而識諸首簡。[8]

又清世宗雍正6年（西元1728年）七月初秋，冷紅詞客〈題記〉曰：

> 《絕妙好詞》七卷，為宋弁陽老人選本，虞山錢氏遵王所藏，一雕板於禾中柯孝廉南陔，重刻於高江村學士，皆未詳其爵里。……重刊于項氏怡園。可稱善本。[9]

是知清・柯煜（字南陔）從虞山錢遵王處，鈔得其《絕妙好詞》藏本，於清聖祖康熙24年（西元1685年）和從父崇樸（字富匏）校刻行世（以下簡稱「柯氏本」），此刻本現為北京中國國家圖書館及上海圖書館收藏。後清・高士奇（字江村）於清聖祖康熙37年（西元1698年）覆刊「柯氏本」以傳，此刻本現為天津圖書館及北京大學圖書館收藏。又清世宗雍正3年（西元1725年），項絪群玉書堂因見「柯氏本」闕漏，始據以校訂重刊，此刻本現為臺北國立故宮博物院圖書文獻館及北京中國國家圖書館收藏。[10]

---

[8] 見宋・周密編：《絕妙好詞》（清雍正三年項氏怡園刊本，臺北：國立故宮博物院圖書文獻館），頁1。

[9] 同前註，頁3。

[10] 陳水雲〈唐宋詞籍在明末清初傳播述略〉曰：「柯氏刊本《絕妙好詞》

「項氏本」與「毛抄本」，雖然皆為單獨繕刻周密《絕妙好詞》之刊本，惟就內容而言，略有不同之處：

1.「項氏本」僅列有「目錄」，標註詞人姓名及闋數，而未有「毛抄本」之「詞目」，詳列所收之詞調。
2.「項氏本」除較「毛抄本」多載：項絪〈序〉、〈題跋附錄〉及冷紅詞客〈題記〉外；並於卷內簡述每位詞人籍貫、仕宦與生平等事蹟，此「毛抄本」無。
3.「項氏本」所錄詞家132人，較「毛抄本」所收133人，少1人。此乃「項氏本」將卷二李鼐〈清平樂〉（亂雲將雨）一闋，誤屬李泳，致脫李鼐姓名。
4.「項氏本」所錄詞，據「目錄」載，有382闋，較「毛抄本」實收384闋，少2闋。此為卷四施岳詞，「項氏本」目錄載：「五首」，或未將闕漏之〈清平樂〉詞計入；又卷六李萊老詞，「項氏本」目錄載：「十二首」，卷內實收13闋。是以「項氏本」之目錄統計有誤，全書所錄詞應為384闋，與「毛抄本」同。

在社會上流傳極少，鮮為人知。後錢塘高士奇得柯氏書板，對柯氏刻版進行了較大的改動，將每卷首行下柯氏的“小幔亭重訂”（“小幔亭”為柯煜之堂號）改為“清吟堂重訂”（“清吟堂”為高士奇）之堂號；撤去柯崇樸敘述此書發現經過的序言；將柯煜序言之後“時康熙乙丑端陽日”幾字刪去。然後，在卷首堂而皇之地敘述自己刻書之經過，……這樣，高氏不但抹殺了柯氏首刻之功，而且在後世也造成掩人耳目之效果，雍正初年厲鶚、查為仁便是以高氏翻刻之本作為《絕妙好詞箋》之底本的，連近現代著名學者如李一氓、施蟄存都以為是高士奇首開清代傳播刊刻《絕妙好詞》之風的，但柯氏小幔亭本的“發現”解決了古代文學傳播史的一樁疑案，亦使高氏沽名釣譽之伎倆最終露出了馬腳，真可謂是“欲蓋彌彰”！」《湖南文理學院學報》第32卷第5期（2007年9月），頁52。

蓋「毛抄本」，抄錄時間早，尚能保存詞集原樣，是其勝處；而「項氏本」考校缺誤、細勘評品、增補佚事，亦可謂刻寫極精。[11]

二、詞箋合刊本

現有將周密《絕妙好詞》及此集之箋釋、續編，輯為一帙刊行者。目前得見之版本，主要有以下幾種：

（一）清高宗乾隆15年（西元1750年）查氏澹宜書屋刻本（以下簡稱「查氏本」）

全書七卷，題「弁陽老人周密原輯，宛平查為仁，錢唐厲鶚同箋」，線裝，共四冊：

第一冊：卷一。

第二冊：卷二、卷三。

第三冊：卷四、卷五、卷六。

第四冊：卷七、《續鈔》。

第一冊卷前載錄：《欽定四庫全書總目題要・絕妙好詞箋》、厲鶚〈序〉、余集〈原序〉、柯煜〈原序〉、高士奇

---

[11] 鄭海濤〈《絕妙好詞》在清代詞壇的接受〉曰：「雍正三年（1725年），浙西詞派詞家項絪因不滿柯氏本多有疏漏之誤，於當年重刻《絕妙好詞》，項氏仿述古堂鈔本的體例，於詞作者名下注有字號，籍貫及仕宦，又在詞作前後附本事或品藻之辭，其刻本為《絕妙好詞》第一個有注釋的刊刻本。」《西華師範大學學報》2009年第1期，頁51。

〈原序〉、〈題跋附錄〉及〈絕妙好詞紀事〉等編；其後列有「目錄」，著錄詞人姓名及選錄之詞數。而此刻本最大之特色，在於有查、厲二人為之箋注。《四庫全書總目提要‧絕妙好詞箋》載：

> 《絕妙好詞》，宋‧周密編。其箋則國朝查為仁、厲鶚所同撰也。密所編南宋歌詞，始於張孝祥，終於仇遠，凡一百三十二家。……初，為仁採摭諸書以為之箋，各詳作者里居、出處，或因詞而考証其本事，或因人而附載其佚聞，以及諸家評論之語，與其人之名篇秀句不見於此集者，咸附錄之。會鶚亦方箋此集，尚未脫稿，適遊天津，見為仁所箋，遂舉以付之。刪複補漏，合為一書。今簡端並題二人之名，不沒其助成之力也。……是集成於乾隆己巳，刻於庚午。[12]

查、厲二人於此集裡，或因人、或因詞，附載許多相關資料，故對於詞人小傳之撰述，與「項氏本」各有詳略，內容不盡相同。查、厲二人之箋疏，完成於清高宗乾隆己巳（14年，西元1750年），而由查為仁之子善長、善和於次年將之付梓。「查氏本」所錄詞家132人，亦是將卷二李鼐〈清平樂〉（亂雲將雨）一闋，誤屬李泳，致脫李鼐姓名。而「查氏本」收錄詞作384闋，與「毛抄本」及「項氏本」所實收之詞數相同。

是書於第七卷後，另附刻《絕妙好詞續鈔》二卷，分別由：清‧余集鈔撮，將「草窗所錄詞見於雜著者多同時人所賦，為

---

[12] 清‧永瑢、紀昀等撰：《四庫全書總目提要》第5冊（臺北：臺灣商務印書館，1983年10月），卷199，頁320-321。

《絕妙好詞》所未載」[13]者，別為一卷，除失名、無名氏外，計續錄詞家翁孟寅等18人，詞35闋；又清・徐楙將余氏罣漏未採者，為之「補錄」，另成一卷，計續補詞家陸游等8人，詞13闋。此刻本現為臺北國立故宮博物院圖書文獻館與北京中國國家圖書館收藏。

「查氏本」於清高宗乾隆46年（西元1781年），為《文淵閣四庫全書》輯入（以下簡稱「四庫本」）；臺北國立故宮博物院藏，後經臺灣商務印書館景印，列入第1490冊。惟「四庫本」抄錄不精，[14]且未收錄《絕妙好詞續鈔》。

（二）清宣宗道光年間錢塘徐氏刊本（杭州愛日軒徐氏刊本，以下簡稱「徐氏本」）

問年道人徐楙於清宣宗道光8年（西元1828年），有重鋟《絕妙好詞箋》之舉。是集除附刻《絕妙好詞續鈔》二卷外，卷前載錄：柯煜〈原序〉、高士奇〈原序〉、〈絕妙好詞紀事〉、《欽定四庫全書總目提要・絕妙好詞箋》、厲鶚〈序〉、余集〈原序〉、「目錄」、「武林彙勘姓氏」及〈題跋附錄〉等篇。

---

[13] 清・余集撰：〈原序〉，見宋・周密編：《絕妙好詞》（清乾隆間淡宜書屋刊本，臺北：國立故宮博物院圖書文獻館），頁1。

[14] 張雁〈《絕妙好詞》版本考〉曰：「《四庫全書》本雖依查氏刻本抄得，然四庫館臣在抄錄中多有竄改，故而版本不精。如姜夔〈揚州慢〉（淮左名都），他本皆作“自胡馬窺江去後”，唯《四庫全書》本作“自鎧馬窺江去後”；又如陳允平〈滿江紅〉（目斷烟江），他本皆作“伴愁華屋”，唯《四庫全書》本作“伴華華屋”；再如李彭老〈高陽臺〉（飄粉杯寬），他本皆作“欲倩怨笛”，而《四庫全書》本則作“欲倩玉笛”，等等諸如此類違異者甚多。」《古籍整理研究學刊》2001年第4期，頁30。

其中「武林彙勘姓氏」表為此集所增刊，而此刊本於「目錄」末行有：「道光八年夏錢塘徐楙問蘧鳩工重鋟，章純齋、陸貞一書」及卷七〈跋〉語末署：「錢塘徐楙重校勘」諸字樣；其餘詞作及箋疏內容，則與「查氏本」同。民國25年（西元1936年），有上海中華書局《四部備要・集部》，據錢塘徐氏校本校刊影印出版。

又「烏石山房文庫」有《絕妙好詞箋》，清宣宗道光9年（西元1829年）刊本（以下簡稱「烏石山房本」），亦附錄《絕妙好詞續鈔》，線裝，全書一函四冊：

第一冊：卷一、卷二。

第二冊：卷三、卷四。

第三冊：卷五、卷六、卷七。

第四冊：《續鈔》。

卷前所載篇章，除無「武林彙勘姓氏」表外，其餘均與「徐氏本」同，惟前後順序有異；而此刊本於「目錄」末行及卷七〈跋〉語末，無有「徐氏本」標著字樣。顯見此刻應為「徐氏本」外，另一刊行之本，現為臺北國立臺灣大學圖書館收藏。

此外，存於「久保文庫」中之《絕妙好詞箋》，亦附《續鈔》，為清宣宗道光9年（西元1829年）刊本，線裝，一函四冊：

第一冊：卷一。

第二冊：卷二、卷三。

第三冊：卷四、卷五。

第四冊：卷六、卷七、《續鈔》。

其所載內容與「烏石山房」本，大致相同；惟卷前所載篇章順序，及每頁行列字數，於編排上略有差異，且另有朱筆圈點，現為臺北國立臺灣大學圖書館收藏。

（三）清穆宗同治11年（西元1872年）會稽章氏重刊本（章壽康刻本，以下簡稱「章氏本」）

此刊本於書前扉頁題「絕妙好詞箋七卷附續鈔二卷」，為清穆宗同治11年（西元1872年）冬，會稽章氏據「徐氏本」重刊，線裝，全書四冊：

第一冊：卷一、卷二。

第二冊：卷三、卷四。

第三冊：卷五、卷六。

第四冊：卷七、《續鈔》。

卷前所載序跋、提要、目錄等篇章內容，皆同於「徐氏本」，僅編次有異。現為臺北國家圖書館與北京中國國家圖書館收藏。民國25年（西元1936年），有上海中華書局《四部備要·集部》，據會稽章氏重刻本校刊影印出版。

（四）清宣統元年（西元1909年）上海沅記書莊石印本（以下簡稱「沅記書莊本」）

此刊本於書前扉頁題「絕妙好詞箋七卷附續集二卷」，線裝，全書分冊及內容與「章氏本」同，惟卷前所載序跋、提要、目錄等編次有異。此外尚有上海掃葉山房石印本，書前扉頁題「弁陽老人周密原本，絕妙好詞箋坿續鈔」，線裝，一函四冊，其編纂體例、刊刻內容與「沅記書莊本」大致相同。兩石印本現皆為臺北國立臺灣大學圖書館收藏。

肆、周密編選《絕妙好詞》之心態思維

《絕妙好詞》一書，其編輯於周密生前，入元之後；[15]所選

[15] 吳熊和《唐宋詞通論》：「《絕妙好詞》……所選詞年代最晚的，為卷六張炎的〈甘州・餞草窗西歸〉一詞，作於元成宗貞元元年（1295），時周密已六十四歲。周密卒於大德二年（1298），年六十七。《絕妙好詞》當編定於周密卒前的這二、三年間。」（杭州：浙江古籍出版社，1989年3月），頁344-345。
又蕭鵬《群體的選擇—唐宋人詞選與詞人群通論》：「《絕妙好詞》……該書大約編選於元代至元年間後期，具體年代不詳。詞選卷六選有張炎〈甘州・餞草窗西歸〉一詞，……今人又或據此而推斷《絕妙好詞》編選於元貞元年以後，周密卒前的二三年間。……以詞之內容與周密晚年事迹印證，該詞似更可能作於周密六十歲時歸故里卜選墓地營建復庵，並自作墓銘的至元二十八年（1291）。……此外，周密《浩然齋雅談》一書多次提到已經編選成書的《絕妙好詞》和野史《齊東野語》。……《齊東野語》成書於至元二十八年，而《浩然齋雅談》成書年代則無考。」（南京：鳳凰出版社，2009年4月），頁354-355。
另於《絕妙好詞》中，周密自選其作：〈一萼紅・登蓬萊閣有感〉（寫於宋亡之初）及〈高陽臺・送陳君衡被召〉（陳君衡宋亡後被元召至大都）等。可知，《絕妙好詞》雖具體編選時間不詳，但成書於「宋亡入

作品三百餘闋，除卷二錄有金人蔡松年詞二闋外，純為南宋詞作，是一部斷代詞選集。清・柯煜〈絕妙好詞・原序〉曰：「粵稽詩降為詞，六朝潛啟其意，而體創于李唐，五代繼隆其軌，而風暢于趙宋。……建炎而後，作者斐然，數南渡之才人，無非妍手；咏西湖之麗景，盡是耑家。薄醉尊前，按紅牙之小拍；清歌扇底，度白雪之新聲。況乎人間玉椀，闕下銅駝，不無荊棘之悲，用誌黍離之感。文弦鼓其淒調，玉笛發其哀思，亦有登山臨水，勝情與豪素爭飛；惜別懷人，秀句共郵筒俱遠。凡斯體制，有待纂編，于是草窗周氏，彙次成書。」[16]據此，可知周密輯選是書之用心，故擬以周密選錄《絕妙好詞》之動機與目的為基礎，進一步探求其編選《絕妙好詞》之心態思維。

一、體認時局，寄託遺民情懷

周密《絕妙好詞》編選之確切時間不詳，惟從其〈自銘〉及《齊東野語》等著述考之，[17]可推知《絕妙好詞》或應成書於

元」後，則應無疑。

[16] 清・柯煜撰：〈絕妙好詞・原序〉，見宋・周密輯，清・查為仁、厲鶚箋：《絕妙好詞箋》，收入《四部備要・子部》第499冊（臺北：中華書局，1965年影印），頁1。

[17] 宋・周密〈弁陽老人自銘〉：「于古今得失治亂之故，必審其事，不喜隨聲接響。……晚乃寖趣古淡，閒倣長短句，或謂似陳去非、姜堯章。……異時故巢傾覆，拮据誅茅，至是又為杭人矣。所居有志雅堂、浩然齋、弁陽山房，樹桑藝竹，壘臺疏池，閒遇勝日，好懷幽人，韻士談諧，吟嘯觴詠，流行酒酣，搖膝浩歌，擺落羈卑，有蛻風埃，齊物我之意。」見明・朱存理撰：《珊瑚木難》，收入《叢書集成續編》第95冊，頁5。

宋・周密〈齊東野語自序〉：「洊遭多故，遺編鉅帙，悉皆散亡。老病日至，忽忽漫不省憶為大恨。閒居追念一二於十百，懼復墜逸為先人

周密晚年，時周密已歷經社會離亂、家國巨變，而面對異族之統治，身為故國遺民自是悲憤莫名，無法釋懷，亟思保存先朝事典；故於此非常時期，除激發周密撰述野史筆記之動機外，其更以詞代史，寄託亡國之傷痛。清・宋翔鳳《樂府餘論》曰：

> 南宋詞人，繫情舊京，凡言歸路，言家山，言故國，皆恨中原隔絕。此周公謹氏《絕妙好詞》所由選也。公謹生宋之末造，見韓侂胄函首，知恢復非易言，故所選以張于湖為首。以于湖不附和議，而早知恢復之難。不似辛稼軒輩率意輕言，後復自悔也。[18]

蕭鵬於《群體的選擇—唐宋人詞選與詞人群通論》一書中認為：「宋翔鳳以"恨中原隔絕"來解釋《絕妙好詞》的編選動機，以"知恢復非易言"來解釋張孝祥為首選的意圖，與事實不符。」其分三點論之，[19]雖敘述甚詳，亦言之有理；然依據史料及周密自述，恐未嘗如是。因「中原隔絕」乃南渡詞人內心不可承受之痛，而周密在淪為南宋遺民後，更能深體箇中滋味。李洪波〈史家意識與遺民情懷—周密與筆記撰述〉曰：

> 周密先祖居於齊，經靖康之亂而入杭，先人對故土的懷戀深深地影響著他。而當周密自身亦罹亡國之難時，這種深

羞。迺參之史傳諸書，博以近聞脞說，務事之實，不計言之野也。」見宋・周密撰，張茂鵬點校：《齊東野語》，頁4。

[18] 清・宋翔鳳撰：《樂府餘論》，收入唐圭璋編：《詞話叢編》第3冊（臺北：新文豐出版公司，1988年2月），頁2502。

[19] 未免篇幅龐雜，茲不引述。請參見蕭鵬著：《群體的選擇——唐宋人詞選與詞人群通論》，頁356-357。

> 切的痛楚對自身的刺激可想而知。周密撰《武林舊事》，備載南宋都城臨安的繁盛，其用意即在於抒發一種悵惘追思的情懷，一種繁華不再的失落。[20]

故周密與南宋詞人相同之思維，應是在「繫情舊京」之心態下，方恨中原之隔絕，因而不當僅拘執於「恨中原隔絕」一意。雖然《絕妙好詞》中「抒寫亡國黍離之痛的作品，遠遠多於寄托中原恢復的作品。」[21]但亦不能據此即言宋翔鳳之說與事實不符；反觀宋翔鳳之說，卻點出周密編選《絕妙好詞》時之心情處境，及其欲藉選詞以記錄時勢之意圖。

此外，周密所選以張孝祥為首，由當時南宋情勢觀之，《四庫全書總目提要・伯牙琴》載：「密放浪山水，著《癸辛雜識》諸書，每述宋亡之由，多追咎韓賈，有黍離詩人，彼何人哉之感。」[22]又周密《齊東野語》卷三曰：

> 余按紹興秦檜主和，王倫出使，胡忠簡抗疏，請斬檜以謝天下，時皆偉之。開禧侂胄主戰，倫之子柟復出使，竟函韓首以請和。是和者當斬，而戰者亦不免於死，一是一非，果何如哉？余嘗以意推之，蓋高宗間關兵間，察知東南地勢、財力與一時人物，未可與爭中原，意欲休養生聚，而後為萬全之舉。……秦檜揣知上意厭兵，力主和議，一時功名之士皆歸罪以為主和之。及孝宗銳意恢復，張魏公主戰，異時功名之士靡然從之。……侂胄習聞其

[20] 李洪波撰：〈史家意識與遺民情懷——周密與筆記撰述〉，《文史知識》2005年第9期，頁73。

[21] 蕭鵬著：《群體的選擇——唐宋人詞選與詞人群通論》，頁356-357。

[22] 清・永瑢、紀昀等撰：《四庫全書總目提要》第4冊，卷165，頁345。

> 說，且值金虜寖微，於是患失之心生，立功之念起矣。殊不知時移事久，人情習故，一旦騷動，怨嗟並起。[23]

故可知周密之所以將張孝祥置於卷首，除編輯體例是以作者之時代先後分卷排列外，其出發點或許正如宋翔鳳所言，乃以孝祥知恢復不易，且孝祥主「靖康以來惟和戰兩言，遺無窮禍，要先立自治之策以應之。」[24]此論顯與上述周密「和者、戰者，一是一非，果何如哉？」之說相合，因而將之列於卷首表述己見，認為執事者應先確立「自治之策」，所謂「上策莫如自治」[25]，方能避免陷入「歸罪和議」或「怨嗟主戰」之衝突矛盾中。雖然周密本人「對恢復中原的宏觀戰略未見有任何創見議論」[26]，但其對時局之體認，可謂詳實真確。蕭鵬雖不認同宋翔鳳之說，惟其亦認為：「該選（《絕妙好詞》）編撰的基本出發點，首先是整理和保存前朝故國文獻。借以寄托對故國的無限眷懷以及對詞林先賢的景仰。」[27]因此不難推知，周密編選《絕妙好詞》，應是於「秉史筆選詞」之心態下，而痛悼故國，寄託遺民之思，用誌「黍離之感」[28]也。

---

[23] 宋・周密撰、張茂鵬點校：《齊東野語》，卷3，頁51。

[24] 元・脫脫等撰：〈張孝祥傳〉，《宋史》第15冊（臺北：鼎文書局，1983年11月），卷389，頁11943。

[25] 宋・李綱撰：〈奉詔條具邊防利害奏狀〉，《梁谿集》，收入《景印文淵閣四庫全書》第1125冊（臺北：臺灣商務印書館，1983年－1986年），卷78，頁10。

[26] 蕭鵬著：《群體的選擇——唐宋人詞選與詞人群通論》，頁356。

[27] 同前註，頁357。

[28] 見宋・周密輯，清・查為仁、厲鶚箋：《絕妙好詞箋》，收入《四部備要・子部》第499冊，頁1。

二、應聲唱和，揭示醇雅詞風

周密《絕妙好詞》所選為高宗紹興至端宗景炎（西元1131年至1279年）前後百餘年之南宋詞作，而輯錄之詞人，起張孝祥，終仇遠；就其內容及作者「詞序」所述，可窺知詞選中囊括詞人相互往來、唱和及應制之作，茲列舉如下：[29]

【表一】

卷數	詞人	詞作			與周密唱和之詞
		詞調	首句	詞序	
一	盧祖皐	賀新涼	挽住風前柳	彭傳師于吳江三高堂之前作釣雪亭，蓋擅漁人之窟宅，以供詩境也。子野命予賦之。	
三	劉克莊	生查子	繁燈奪霽華	燈夕戲陳敬叟	
	楊伯嵒	踏莎行	梅觀初花	雪中疏寮借閣帖，更以薇露送之。	
	楊　纘	八六子	怨殘紅	牡丹次白雲韻	
四	吳文英	八聲甘州	渺空煙	陪庾幕諸公秋登靈巖	
		聲聲慢	檀欒金碧	閏重九飲郭園	
		高陽臺	修竹凝妝	豐樂樓分韻得如字	
	奚　淢	華胥引	澄空無際	中秋紫霞席上	
五	陳允平	滿江紅	目斷烟江	和清真韻	
	張　樞	壺中天	雁橫迥碧	月夕登繪幅堂，與篔房各賦一解。	
	李　演	八六子	乍鷗邊	次篔房韻	
		祝英臺近	采芳蘋	次篔房韻	
	樓　扶	水龍吟	素娥洗盡繁妝	次清真梨花韻	

[29] 以下各表，皆據「徐氏本」所錄（此為詞集合刊中，序跋收錄較完整，且《四部備要》本據以影印出版，流傳較普遍，因採之），未免冗贅，故不逐一標註。

	周端臣	木蘭花慢	靄芳陰未歸	送人之官九華	
	楊　恢	二郎神	瑣窗睡起	用徐幹臣韻	
	李　珏	擊梧桐	楓葉濃於染	別西湖社友	
		木蘭花慢	故人知健否	寄豫章故人	
	曹　邍	玲瓏四犯	一架幽芳	荼蘼應制	
	劉　瀾	齊天樂	玉釵分向金華後	吳興郡宴遇舊人	
六	李彭老	壺中天	青飇蕩碧	登寄閒吟臺	
		法曲獻仙音	雲木槎枒	官圃賦梅繼草窗韻	✓
		一萼紅	過薔薇	寄弁陽翁	✓
		探芳訊	對芳晝	湖上春游繼草窗韻	✓
		踏莎行	紫曲迷香	題草窗十擬後	✓
	李萊老	惜紅衣	笛送西泠	寄弁陽翁	✓
		青玉案	吟情老盡江南句	題草窗詞卷	✓
		臺城路	半空河影流雲碎	寄弁陽翁	✓
	王易簡	慶宮春	庭草春遲	謝草窗惠詞卷	✓
	吳大有	點絳脣	江上旗亭	送李琴泉	
	張　炎	渡江雲	錦薌繚繞地	次趙元父韻	
		甘州	記天風	餞草窗西歸	✓
七	周　密	三姝媚	淺寒梅未綻	送聖與還越	
		高陽臺	照野旌旗	送陳君衡被召	
		慶宮春	重疊雲衣	送趙元父過吳	
		高陽臺	小雨分江	寄越中諸友	
		甘州	漸萋萋	燈夕書寄二隱	
		踏莎行	遠草情鍾	與莫兩山談邗城舊事	
	王沂孫	法曲獻仙音	層綠峨峨	聚景亭梅次草窗韻	✓
		淡黃柳	花邊短笛	甲戌冬，別周公謹丈於孤山中。次冬，公謹游會稽，相會一月。又次冬，公謹自剡還，執手聚別，且復別去。悵然于懷，敬賦此解。	✓

		西江月	褪粉輕盈瓊靨	為趙元父賦雪梅圖	
		踏莎行	白石飛仙	題草窗詞卷	✓
合計	22	41			12

清・周濟《介存齋論詞雜著》曰：「北宋有無謂之詞以應歌，南宋有無謂之詞以應社。」[30]南宋後期於都城臨安，集會結社之風盛行，尤以西湖一地，為文人社群聚會活動之主要場所。宋・吳自牧《夢粱錄》卷十九「社會」項下載：

> 文士有西湖詩社，此乃行都搢紳之士及四方流寓儒人，寄興適情賦詠，膾炙人口，流傳四方，非其他社集之比。[31]

據【表一】所列，周密《絕妙好詞》中，詞人於題序內標明為交游唱和者，有41闋，於「徐氏本」所錄詞作384闋中，約僅佔11%；而詞人中亦僅有：楊纘、奚淢、陳允平、張樞、李珏、李彭老、李萊老、王易簡、張炎、周密、王沂孫等11人，確知為當時西湖吟社成員。故嚴格而論，周密《絕妙好詞》尚不能稱為是一部「唱和總集」；但其中周密與他人應和之詞有6闋為最多，且詞人於題序中敘明與周密唱和者，有：李彭老（4闋）、李萊老（3闋）、王易簡（1闋）、張炎（1闋）及王沂孫（3闋）等，共5人，詞12闋；顯示出當時詞壇之實況，即清・沈雄《古今詞話・詞評》上卷曰：「此一時秖有弁陽老人耳，故寄調以題

[30] 清・周濟撰：《介存齋論詞雜著》，收入唐圭璋編：《詞話叢編》第2冊，頁1629。

[31] 宋・吳自牧撰：《夢粱錄》，收入《東京夢華錄》外四種（臺北：大立出版社，1980年10月），頁299。

詞者亦多。」[32]是以姑不論周密是否以吟社領袖自居，其本纂輯社友酬唱贈答之作及反映南宋結社風氣之心態以選詞，應是無庸置疑也。

綜觀當時南宋詞壇，在繼南渡詞人與辛棄疾之後，詞家作品出現不同之創作思維與藝術技巧。清・謝章鋌《賭棋山莊詞話續編三・凌廷堪論詞》曰：

> 填詞之道，須取法南宋，然其中亦有兩派焉。一派為白石（姜夔），以清空為主，高（觀國）、史（達祖）輔之。前則有夢窗（吳文英）、竹山（蔣捷）、西麓（陳允平）、虛齋（趙以夫）、蒲江（盧祖皐），後則有玉田（張炎）、聖與（王沂孫）、公謹（周密）、商隱（李彭老）諸人，掃除野狐，獨標正諦，猶禪之南宗也。一派為稼軒（辛棄疾），以豪邁為主，繼之者龍洲（劉過）、放翁（陸游）、後村（劉克莊），猶禪之北宗也。[33]

是知南宋詞壇之派別，主要有二：一為以姜夔為主之婉約派；另一為以辛棄疾為主之豪放派。而周密所選之《絕妙好詞》，不僅為當時詞壇之活動留下紀錄，從其所選詞家作品多寡析之，亦可窺見南宋一代之詞風及其發展之特色。茲將全書中選詞最多之前十位詞家，表列如次（按詞數之多寡排列）：

---

[32] 清・沈雄撰：《古今詞話》，收入唐圭璋編：《詞話叢編》第1冊，頁1011。

[33] 清・謝章鋌撰：《賭棋山莊詞話續編三》，收入唐圭璋編：《詞話叢編》第4冊，頁3510-3511。

【表二】

卷數	詞　人	《絕妙好詞》所錄詞數	《全宋詞》所錄詞數[34]	輯選入《絕妙好詞》之比例
七	周　密	22	152	14%
四	吳文英	16	341	5%
六	李萊老	13	17	76%
二	姜　夔	13	87	15%
六	李彭老	12	21	57%
一	盧祖皐	10	96	10%
二	史達祖	10	112	9%
七	王沂孫	10	67	15%
二	高觀國	9	108	8%
五	陳允平	9	209	4%
合　計		124	1210	10%

周密於《絕妙好詞》中，自選詞作22闋，居全書之冠，且以李彭老、李萊老伯仲二人之詞，入選比例最高，分別為57%與76%；清・沈雄《古今詞話・詞評》上卷曰：「李彭老，字商隱，有篔房詞。李萊老，字周隱，有秋崖詞。兩人為一時翹楚，但俱是寄和草窗者。」[35]又【表二】所列諸人，皆屬效姜夔主清空、講格律之婉約詞人，共選詞作124闋，約占全書三分之一。反觀周密《絕妙好詞》對豪放詞人之作品，則所選甚少：

[34] 據唐圭璋編：《全宋詞》所錄，「失調名」、「存目詞」等，不列入計算，以下各表亦同。

[35] 清・沈雄撰：《古今詞話》，收入唐圭璋編：《詞話叢編》第1冊，頁1010。

【表三】

卷數	詞　人	《絕妙好詞》所錄		《全宋詞》所錄詞數	輯選入《絕妙好詞》之比例
		詞數	詞　　作		
一	陸　游	3	〈朝中措〉（幽姿不入少年場）	145	2%
			〈烏夜啼〉（金鴨餘香尚暖）		
			〈烏夜啼〉（紈扇嬋娟素月）		
	辛棄疾	3	〈摸魚兒〉（更能消）	626	0.5%
			〈瑞鶴仙〉（雁霜寒透幙）		
			〈祝英臺近〉（寶釵分）		
	劉　過	3	〈賀新郎〉（老去相如倦）	78	4%
			〈唐多令〉（蘆葉滿汀洲）		
			〈醉太平〉（情高意真）		
三	劉克莊	4	〈摸魚兒〉（甚春來）	264	2%
			〈卜算子〉（片片蝶衣輕）		
			〈清平樂〉（宮腰束素）		
			〈生查子〉（繁燈奪霽華）		
合　計		13		1,113	1.2%

以上由周密《絕妙好詞》中，列舉四位具代表性之豪放詞人：陸游、辛棄疾、劉過、劉克莊等，共選其詞作13闋，平均每位詞家作品被輯錄之百分比約1.2%，而辛棄疾詞入選之比例則

僅有0.5%，為全書中最低者。是以周密雖選陸游等豪放詞人作品，惟就【表三】所列13闋詞之內容探析，則多為聲情婉轉，含蓄蘊藉之作。故可知周密於南宋後期「藝林推為領袖」[36]，所選「皆同於己者」[37]，而不錄鄙俚粗豪之詞也。且從周密《浩然齋雅談》引宋・張直夫〈李彭老詞敘〉，可知其見：「靡麗不失為國風之正，閑雅不失為騷雅之賦，摹擬《玉臺》，不失為齊、梁之工，則情為性用，未聞為道之累。」[38]據此，或許尚難遽爾斷言周密有呼幫結派，自立宗主之意圖；但其欲以己詞起帶頭作用，且不避「尊己」之議，以樹立南宋詞壇「音律協合、清麗雅正」之主流風格，則為編選是集時心態活動之具體呈現。

三、以詞存人，傳承文化使命

周密《絕妙好詞》七卷，其中僅被選錄1闋者，有洪邁等59人，於「徐氏本」所錄132位詞家中，約占47%，幾達半數。因此，許多無有專集或不見史傳之小家詞人，其作品皆賴此留存；而唐圭璋編纂之《全宋詞》，所錄諸詞亦多有出自《絕妙好詞》者：[39]

[36] 清・劉毓崧撰：〈重刊周草窗詞稿序〉，《通義堂文集》，收入《續修四庫全書》第1546冊（上海：上海古籍出版社，2002年3月），卷13，頁25。

[37] 清・焦循撰：《雕菰樓詞話》，收入唐圭璋編：《詞話叢編》第2冊，頁1494。

[38] 宋・周密撰：《浩然齋雅談》，收入《叢書集成新編》第78冊（臺北：新文豐出版公司，1985年1月），卷下，頁41。

[39] 以唐圭璋編《全宋詞》各家詞後之案語為據。

【表四】

周密《絕妙好詞》		詞人	詞作	唐圭璋《全宋詞》		唐圭璋《全宋詞》所錄俱出自周密《絕妙好詞》者	備註
卷數	頁數			冊數	頁數		
一	28	蔡枏	鷓鴣天（病酒厭厭與睡宜）	二	988		
二	27	李泳（李鼐）	清平樂（亂雲將雨）	二	1176	✓（1闋）	唐圭璋《全宋詞》作「李鼐」。案曰：「此首別誤作李泳詞，見各本《絕妙好詞》卷二，汲古閣抄本《絕妙好詞》未誤。」
一	8	洪邁	踏莎行（院落深沉）	三	1489		
二	27	李泳	定風波（點點行人趁落暉）	三	1671		
一	38	俞灝	點絳脣（欲問東君）	三	2118	✓（1闋）	
一	25	章良能	小重山（柳暗花明春事深）	三	2125	✓（1闋）	
二	12	劉仙倫	江神子（東風吹夢落巫山）	四	2211		
			蝶戀花（小立東風誰共語）				

			一翦梅（唱到陽關第四聲）				
三	32	曾　揆	西江月（欄雨輕敲夜夜）	四	2477		
一	36	周文璞	一翦梅（風韻蕭疏玉一團）	四	2478		
二	14	孫惟信	醉思凡（吹簫跨鸞）	四	2485		
一	30	岳　珂	生查子（芙蓉清夜游）	四	2517		
五	15	周端臣	木蘭花慢（靄芳陰未解）	四	2650		
			玉樓春（華堂簾幙飄香霧）				
三	21	趙希邁	八聲甘州（寒雲飛）	四	2692		
五	13	趙汝迕	清平樂（初鶯細雨）	四	2695	✓（1闋）	
四	15	樓　采	瑞鶴仙（凍痕銷夢草）	四	2695	✓（6闋）	
			玉漏遲（絮花寒食路）		2696		
			法曲獻仙音（花匣么絃）				
	16		好事近（人去玉屏閒）				
			二郎神（露牀轉玉）				
			玉樓春（東風破曉寒成陣）				

三	7	尹　煥	唐多令（蘋末轉清商）	四	2708		
四	12	黃孝邁	湘春夜月（近清明）	四	2773		
			水龍吟（閒情小院沉吟）				
三	12	周　晉	點絳唇（午夢初回）	四	2775	✓（3闋）	
	13		清平樂（圖書一室）		2776		
			柳梢青（似霧中花）		2776		
三	22	趙崇嶓	蝶戀花（一翦微寒禁翠袂）	四	2833		
			菩薩蠻（桃花相向東風笑）		2834		
六	23	趙崇霄	東風第一枝（妒雪梅甦）	四	2856	✓（1闋）	
六	11	余桂英	小桃紅（芳草連天幕）	四	2862	✓（1闋）	
三	28	陳　策	摸魚兒（倚危梯）	四	2866	✓（2闋）	
	29		滿江紅（倦繡人間）				
四	10	翁元龍	醉桃源（千絲風雨萬絲晴）	四	2945		
			謁金門（鶯樹暖）				
			絳都春（花嬌半面）				
三	23	趙希青	秋蘂香（髻穩冠宜翡翠）	四	2951		唐圭璋《全宋詞》作〈秋蕊香〉

<table>
<tr><td rowspan="2">五</td><td rowspan="2">20</td><td rowspan="2">趙　溍</td><td>臨江仙（隄曲朱牆近遠）</td><td rowspan="2">四</td><td rowspan="2">2952</td><td rowspan="2">✓（2闋）</td><td rowspan="2"></td></tr>
<tr><td>吳山青（金璞明）</td></tr>
<tr><td rowspan="3">五</td><td>24</td><td rowspan="3">劉　瀾</td><td>慶宮春（春翦綠波）</td><td rowspan="3">四</td><td rowspan="3">2952</td><td rowspan="3"></td><td rowspan="3"></td></tr>
<tr><td rowspan="2">25</td><td>瑞鶴仙（向陽看未足）</td></tr>
<tr><td>齊天樂（玉釵分向金華後）</td></tr>
<tr><td>五</td><td>15</td><td>楊子咸</td><td>木蘭花慢（紫凋紅落後）</td><td>四</td><td>2959</td><td>✓（1闋）</td><td></td></tr>
<tr><td rowspan="2">五</td><td rowspan="2">13</td><td rowspan="2">樓　扶</td><td>水龍吟（素娥洗盡繁妝）</td><td rowspan="2">四</td><td>2964</td><td rowspan="2"></td><td rowspan="2">唐圭璋《全宋詞》作「樓枎」</td></tr>
<tr><td>菩薩蠻（絲絲楊柳鶯聲近）</td><td>2965</td></tr>
<tr><td>三</td><td>11</td><td>楊伯喦</td><td>踏莎行（梅觀初花）</td><td>四</td><td>2968</td><td>✓（1闋）</td><td></td></tr>
<tr><td>三</td><td>31</td><td>李振祖</td><td>浪淘沙（春在畫橋西）</td><td>四</td><td>2978</td><td>✓（1闋）</td><td></td></tr>
<tr><td rowspan="6">五</td><td>16</td><td rowspan="6">楊　恢</td><td>二郎神（瑣窗睡起）</td><td rowspan="6">四</td><td rowspan="2">2978</td><td rowspan="6"></td><td rowspan="6">唐圭璋《全宋詞》作「湯恢」。案曰：「或作楊恢，疑誤。此從汲古閣抄本《絕妙好詞》。」</td></tr>
<tr><td>17</td><td>倦尋芳（餳簫吹暖）</td></tr>
<tr><td rowspan="4">18</td><td>滿江紅（小院無人）</td><td rowspan="4">2979</td></tr>
<tr><td>祝英臺近（宿酲蘇）</td></tr>
<tr><td>祝英臺近（月如冰）</td></tr>
<tr><td>八聲甘州（摘青梅）</td></tr>
</table>

<table>
<tr><td rowspan="6">五</td><td rowspan="2">8</td><td rowspan="6">李 演</td><td>摸魚兒（又西風）</td><td rowspan="6">四</td><td rowspan="3">2980</td><td rowspan="6"></td><td rowspan="6"></td></tr>
<tr><td>聲聲慢（輕韉繡谷）</td></tr>
<tr><td rowspan="4">9</td><td>醉桃源（雙鴛初放步雲輕）</td></tr>
<tr><td>南鄉子（芳水戲桃英）</td><td rowspan="3">2981</td></tr>
<tr><td>八六子（乍鷗邊）</td></tr>
<tr><td>祝英臺近（采芳蘋）</td></tr>
<tr><td rowspan="2">六</td><td rowspan="2">17</td><td rowspan="2">張 桂</td><td>菩薩蠻（東風忽驟無人見）</td><td rowspan="2">四</td><td rowspan="2">3029</td><td rowspan="2"></td><td rowspan="2"></td></tr>
<tr><td>浣溪紗（雨壓楊花路半乾）</td></tr>
<tr><td rowspan="6">五</td><td rowspan="3">5</td><td rowspan="6">張 樞</td><td>瑞鶴仙（捲簾人睡起）</td><td rowspan="6">四</td><td>3029</td><td rowspan="6"></td><td rowspan="6"></td></tr>
<tr><td>風入松（春寒懶下碧雲樓）</td><td rowspan="5">3030</td></tr>
<tr><td>南歌子（柳戶朝雲溼）</td></tr>
<tr><td rowspan="3">6</td><td>謁金門（春夢怯）</td></tr>
<tr><td>慶宮春（斜日明霞）</td></tr>
<tr><td>壺中天（鴈橫迴碧）</td></tr>
<tr><td>三</td><td>24</td><td>趙與御</td><td>謁金門（歸去去）</td><td>四</td><td>3057</td><td>✓（1闋）</td><td></td></tr>
</table>

<table>
<tr><td rowspan="3">三</td><td rowspan="3">14</td><td rowspan="3">楊　纘</td><td>八六子（怨殘紅）</td><td rowspan="3">五</td><td>3075</td><td rowspan="3">✓（3闋）</td><td rowspan="3"></td></tr>
<tr><td>一枝春（竹爆驚春）</td><td rowspan="2">3076</td></tr>
<tr><td>被花惱（疏疏宿雨釀寒輕）</td></tr>
<tr><td>六</td><td>19</td><td>吳大有</td><td>點絳脣（江上旗亭）</td><td>五</td><td>3076</td><td>✓（1闋）</td><td></td></tr>
<tr><td>五</td><td>21</td><td>毛　珝</td><td>浣溪紗（綠玉枝頭一粟黃）</td><td>五</td><td>3085</td><td></td><td></td></tr>
<tr><td rowspan="2">五</td><td>1</td><td rowspan="2">陳允平</td><td>瑞鶴仙（燕歸簾半捲）</td><td rowspan="2">五</td><td rowspan="2">3113</td><td rowspan="2"></td><td rowspan="2"></td></tr>
<tr><td>3</td><td>垂楊（銀屏夢覺）</td></tr>
<tr><td>六</td><td>11</td><td>胡仲弓</td><td>謁金門（蛾黛淺）</td><td>五</td><td>3135</td><td>✓（1闋）</td><td></td></tr>
<tr><td rowspan="6">四</td><td rowspan="2">20</td><td rowspan="6">施　岳</td><td>水龍吟（翠鰲湧出滄溟）</td><td rowspan="6">五</td><td rowspan="3">3135</td><td rowspan="6">✓（6闋）</td><td rowspan="6"></td></tr>
<tr><td>清平樂（水遙花暝）</td></tr>
<tr><td rowspan="3">21</td><td>解語花（雲容冱雪）</td></tr>
<tr><td>曲游春（畫舸西泠路）</td><td rowspan="3">3136</td></tr>
<tr><td>蘭陵王（柳花白）</td></tr>
<tr><td>22</td><td>步月（玉宇薰風）</td></tr>
<tr><td rowspan="2">三</td><td rowspan="2">31</td><td rowspan="2">薛夢桂</td><td>醉落魄（單衣乍著）</td><td rowspan="2">五</td><td>3136</td><td rowspan="2">✓（4闋）</td><td rowspan="2"></td></tr>
<tr><td>眼兒媚（碧筒新展綠蕉芽）</td><td>3137</td></tr>
</table>

	32		三姝媚（薔薇花謝去）				
			浣溪紗（柳映疏簾花映林）				
五	22	潘希白	大有（戲馬臺前）	五	3137	✓（1闋）	
五	22	李　珏	擊梧桐（楓葉濃於染）	五	3138	✓（2闋）	
	23		木蘭花慢（故人知健否）		3139		
三	25	鍾　過	步蟾宮（東風又送酴醾信）	五	3139	✓（1闋）	
四	18	趙聞禮	千秋歲（鶯啼晴晝）	五	3161		
	19		風入松（麯塵風雨亂春晴）				
			水龍吟（幾年埋玉藍田）				
			隔浦蓮近（愁紅飛眩醉眼）				
	20		賀新郎（池館收新雨）				
三	17	趙汝茪	如夢令（小砑紅綾牋紙）	五	3166		
			漢宮春（著破荷衣）				
四	13	譚宣子	謁金門（人病酒）	五	3167		唐圭璋《全宋詞》案：「此首別作趙聞禮詞。」

<table>
<tr><td rowspan="2">四</td><td rowspan="2">13</td><td rowspan="2">江　開</td><td>浣溪沙（手撚花枝憶小蘋）</td><td rowspan="2">五</td><td rowspan="2">3172</td><td rowspan="2"></td><td rowspan="2"></td></tr>
<tr><td>杏花天（謝娘庭院通芳徑）</td></tr>
<tr><td>六</td><td>12</td><td>尚希尹</td><td>浪淘沙（結客去登樓）</td><td>五</td><td>3176</td><td></td><td>唐圭璋《全宋詞》作「向希尹」</td></tr>
<tr><td>四</td><td>11</td><td>鄭　楷</td><td>訴衷情（酒旗搖曳柳花天）</td><td>五</td><td>3257</td><td>✓（1闋）</td><td></td></tr>
<tr><td>五</td><td>21</td><td>趙　淇</td><td>謁金門（吟望直）</td><td>五</td><td>3257</td><td>✓（1闋）</td><td></td></tr>
<tr><td rowspan="2">六</td><td>17</td><td rowspan="2">張　磐</td><td>綺羅香（浦月窺簷）</td><td rowspan="2">五</td><td rowspan="2">3258</td><td rowspan="2">✓（2闋）</td><td rowspan="2"></td></tr>
<tr><td>18</td><td>浣溪紗（習習輕風破海棠）</td></tr>
<tr><td rowspan="2">六</td><td rowspan="2">18</td><td rowspan="2">張　林</td><td>唐多令（金勒鞚花驄）</td><td rowspan="2">五</td><td rowspan="2">3258</td><td rowspan="2">✓（2闋）</td><td rowspan="2"></td></tr>
<tr><td>柳梢青（白玉枝頭）</td></tr>
<tr><td>六</td><td>25</td><td>曹良史</td><td>江城子（夜香燒了夜寒生）</td><td>五</td><td>3259</td><td>✓（1闋）</td><td></td></tr>
<tr><td rowspan="5">七</td><td rowspan="3">21</td><td rowspan="5">趙與仁</td><td>柳梢青（露冷仙梯）</td><td rowspan="5">五</td><td rowspan="5">3259</td><td rowspan="5">✓（5闋）</td><td rowspan="5"></td></tr>
<tr><td>琴調相思引（冰箔紗簾小院清）</td></tr>
<tr><td>西江月（夜半河痕依約）</td></tr>
<tr><td rowspan="2">22</td><td>清平樂（柳絲搖露）</td></tr>
<tr><td>好事近（春色醉荼蘼）</td></tr>
</table>

<table>
<tr><td rowspan="2">四</td><td rowspan="2">14</td><td rowspan="2">陳逢辰</td><td>烏夜啼（月痕未到朱扉）</td><td rowspan="2">五</td><td rowspan="2">3260</td><td rowspan="2">✓（2闋）</td><td rowspan="2"></td></tr>
<tr><td>西江月（楊柳雪融滯雨）</td></tr>
<tr><td>五</td><td>14</td><td>史介翁</td><td>菩薩蠻（柳絲輕颺黃金縷）</td><td>五</td><td>3260</td><td>✓（1闋）</td><td></td></tr>
<tr><td>五</td><td>20</td><td>何光大</td><td>謁金門（天似水）</td><td>五</td><td>3261</td><td>✓（1闋）</td><td></td></tr>
<tr><td rowspan="2">六</td><td rowspan="2">10</td><td rowspan="2">應瀍孫</td><td>霓裳中序第一（愁雲翠萬疊）</td><td rowspan="2">五</td><td rowspan="2">3261</td><td rowspan="2">✓（2闋）</td><td rowspan="2"></td></tr>
<tr><td>賀新郎（宿霧樓臺溼）</td></tr>
<tr><td>六</td><td>10</td><td>王億之</td><td>高陽臺（雙槳敲冰）</td><td>五</td><td>3261</td><td>✓（1闋）</td><td></td></tr>
<tr><td rowspan="2">六</td><td rowspan="2">14</td><td rowspan="2">王茂孫</td><td>高陽臺（遲日烘晴）</td><td rowspan="2">五</td><td rowspan="2">3262</td><td rowspan="2">✓（2闋）</td><td rowspan="2"></td></tr>
<tr><td>點絳脣（折斷煙痕）</td></tr>
<tr><td>六</td><td>19</td><td>朱昂孫</td><td>真珠簾（春雲做冷春知未）</td><td>五</td><td>3262</td><td>✓（1闋）</td><td></td></tr>
<tr><td>六</td><td>24</td><td>鄭斗煥</td><td>新荷葉（乳鴨池塘）</td><td>五</td><td>3263</td><td>✓（1闋）</td><td></td></tr>
<tr><td rowspan="4">七</td><td>2</td><td rowspan="4">周　密</td><td>一萼紅（步深幽）</td><td rowspan="4">五</td><td rowspan="2">3290</td><td rowspan="4"></td><td rowspan="3"></td></tr>
<tr><td rowspan="2">3</td><td>掃花游（江蘺怨碧）</td></tr>
<tr><td>三姝媚（淺寒梅未綻）</td><td rowspan="2">3291</td></tr>
<tr><td>4</td><td>法曲獻仙音（松雪飄寒）</td><td>唐圭璋《全宋詞》作〈獻仙音〉</td></tr>
</table>

			高陽臺（照野旌旗）				
			慶宮春（重疊雲衣）		3292		
	5		高陽臺（小雨分江）				
			探芳信（步晴書）				
	6		四字令（眉消睡黃）		3292		從〈四字令〉至〈浣溪紗〉為「儆韋十解」
	7		西江月（綠綺紫絲步障）				
			江城子（羅窗曉色透花明）				
			少年遊（簾銷寶篆捲宮羅）		3293		
			好事近（新雨洗花塵）				
	8		西江月（情縷紅絲冉冉）				
			醉落魄（憶憶憶憶）				
			朝中措（綵繩朱乘駕濤雲）				
			醉落魄（餘寒正怯）				
			浣溪紗（蠶已三眠柳二眠）				
	9		踏莎行（遠草情鍾）		3294		

<table>
<tr><td rowspan="7">七</td><td rowspan="2">14</td><td rowspan="7">王沂孫</td><td>醉蓬萊（掃西風門徑）</td><td rowspan="7">五</td><td>3364</td><td rowspan="7"></td><td rowspan="7"></td></tr>
<tr><td>法曲獻仙音（層綠峨峨）</td><td rowspan="5">3365</td></tr>
<tr><td>15</td><td>淡黃柳（花邊短笛）</td></tr>
<tr><td>16</td><td>長亭怨（泛孤艇）</td></tr>
<tr><td rowspan="3">17</td><td>西江月（褪粉輕盈瓊靨）</td></tr>
<tr><td>蹋莎行（白石飛仙）</td></tr>
<tr><td>醉落魄（小窗銀燭）</td><td>3366</td></tr>
<tr><td>六</td><td>24</td><td>范晞文</td><td>意難忘（清淚如鉛）</td><td>五</td><td>3374</td><td>✓（1闋）</td><td></td></tr>
<tr><td>六</td><td>26</td><td>董嗣杲</td><td>湘月（蓮幽竹邃）</td><td>五</td><td>3412</td><td></td><td></td></tr>
<tr><td rowspan="3">六</td><td>14</td><td rowspan="3">王易簡</td><td>齊天樂（宮煙曉散春如霧）</td><td rowspan="3">五</td><td rowspan="3">3422</td><td rowspan="3"></td><td rowspan="3"></td></tr>
<tr><td rowspan="2">15</td><td>酹江月（暗簾吹雨）</td></tr>
<tr><td>慶宮春（庭草春遲）</td></tr>
<tr><td colspan="2">合計</td><td>69</td><td>157</td><td></td><td></td><td>37人（66闋）</td><td></td></tr>
</table>

由【表四】之歸納統計得知，唐圭璋所編之《全宋詞》，有蔡枏等詞家69人，詞157闋，輯錄自周密《絕妙好詞》；而其中李鼐、俞灝等37位詞人之作品，共66闋詞，則全部皆從《絕妙好詞》所出，除此，李鼐、俞灝等37位詞人，無有他作；換言之，此37位詞人及66闋詞，始賴《絕妙好詞》方得以保存。清・厲鶚〈絕妙好詞箋序〉曰：

《絕妙好詞》七卷，南宋弁陽老人周密公謹所輯。……所采多紹興迄德祐閒人，自二三鉅公外，姓字多不著。夫士生隱約，不得樹立功業，炳煥天壤，僅以詞章垂稱後世。而姓字猶在若滅若沒閒，無人為從故紙堆中抉剔出之。豈非一大恨事耶！[40]

又清・張宗泰〈書絕妙好詞箋後〉曰：

周密《絕妙好詞》七卷，所選之詞，大抵聲情美麗，意致綿邈，不涉鄙俚之習，蓋其持擇者審也。……七卷之王沂孫、趙與仁、仇遠，後俱改節事元，而猶然登選者，蓋亦惟其詞而不惟其人之意也。[41]

---

[40] 清・厲鶚撰：〈絕妙好詞箋序〉，見宋・周密輯，清・查為仁、厲鶚箋：《絕妙好詞箋》，收入《四部備要・子部》第499冊，頁1。

[41] 清・張宗泰撰：〈書絕妙好詞箋後〉，《魯巖所學集》，收入沈雲龍主編：《近代中國史料叢刊續編》第17輯（臺北：文海出版社，1975年5月），卷14，頁14。

顯見周密將「為士人留名」、「為文壇留詞」之心理思維，貫串於整部《絕妙好詞》，而其替故國傳承文獻之苦心，為詞壇留下珍貴之史料。

伍、結語

陳水雲〈唐宋詞籍在明末清初傳播述略〉曰：「《絕妙好詞》為周密所輯南宋詞選，此書原刻本在宋元之際就難尋覓。……當時，人們多把《絕妙好詞》作為秘籍收藏，……《絕妙好詞》的重見人世，當歸功於柯煜及其從父柯崇樸。」[42]而至近代，周密《絕妙好詞》校注刊本漸多，有：1958年臺北：世界書局排印本；1993年西安：三秦出版社，秦寰明、蕭鵬注析本；2004年長沙：岳麓書社，廖承良校注本；2006年保定：河北大學出版社，徐文武、劉崇德點校本；及2010年鄭州：中州古籍出版社，盧欣科注譯本等。以上諸書，對原選多有校訂勘誤、疏通證明之功。

至於編選心態，簡言之，即選家於選詞時之主張、態度，藉以反映詞壇背景及選家心理，並使選本特徵得以彰顯，是詞學觀念與藝術形態之結合。張曉寧《周密詞創作心態初探》曰：

> 推動他（周密）這樣去選這本詞集（《絕妙好詞》）的最大動力是什麼呢？……是出於周密想要留住自己一生，留住自己的光榮和歡樂的一種夢想，對自己、對自己這個詞派的總結和肯定。……遍選與自己同氣相求的諸多人的作

[42] 陳水雲撰：〈唐宋詞籍在明末清初傳播述略〉，頁51-52。

品在內的一部詞集，卻為自己的永生留下了可感的環境和氣息。[43]

《絕妙好詞》之成書，現今未見周密自撰之「序言」或「跋語」等；因此，本文無意過度推論與臆測周密編選是集之動機、目的，甚至意圖，僅欲就選集中作品內容之呈現，簡單而純粹探討周密最初輯選之想法與秉持之原則，使得見《絕妙好詞》之實質樣貌。雖然周密擇選詞作之標準，不免遭後人批評，如清・焦循《雕菰樓詞話》曰：「周密《絕妙好詞》所選，一味輕柔潤膩而已。」[44]但周密卻藉此體現南宋後期詞風之特色，成為詞學發展史上不可或缺之一環。

——本篇為九十四年度行政院國家科學委員會（科技部）專題研究計畫：「金元詞選研究」（NSC 94-2411-H-154-001-）之研究成果

【參考文獻】

一、古籍（依作者朝代先後排列）

宋・周密編：《絕妙好詞》，清世宗雍正3年（西元1725年）項氏怡園刊本，臺北：國立故宮博物院圖書文獻館藏。

宋・周密輯，清・查為仁、厲鶚箋：《絕妙好詞箋》，清高宗乾隆

[43] 張曉寧撰：《周密詞創作心態初探》（陝西師範大學碩士研究生學位論文，2004年4月），頁31。

[44] 清・焦循撰：《雕菰樓詞話》，收入唐圭璋編：《詞話叢編》第2冊，頁1494。

15年（西元1750年）查氏澹宜書屋刻本，臺北：國立故宮博物院圖書文獻館藏。

宋・周密輯，清・查為仁、厲鶚箋：《絕妙好詞箋》，清宣宗道光9年（西元1829年）錢塘徐氏刊本，收入烏山房文庫，臺北：國立臺灣大學圖書館藏。

宋・周密輯，清・查為仁、厲鶚箋：《絕妙好詞箋》，清宣宗道光9年（西元1829年）錢塘徐氏刊本，收入久保文庫，臺北：國立臺灣大學圖書館藏。

宋・周密輯，清・查為仁、厲鶚箋：《絕妙好詞箋》，清穆宗同治11年（西元1872年）會稽章氏重刊本，臺北：國家圖書館藏。

宋・周密輯，清・查為仁、厲鶚箋：《絕妙好詞箋》，清宣統元年（西元1909年），上海沅記書莊石印本，臺北：國立臺灣大學圖書館藏。

宋・周密輯，清・查為仁、厲鶚箋：《絕妙好詞箋》，上海市掃葉山房石印本，臺北：國立臺灣大學圖書館藏。

宋・周密輯，清・查為仁、厲鶚箋：《絕妙好詞箋》，《四部備要・子部》第449、450冊，臺北：中華書局，1965年。

宋・周密輯，清・查為仁、厲鶚箋：《絕妙好詞箋》，臺北：世界書局，1970年。

宋・周密輯，清・查為仁、厲鶚箋：《絕妙好詞箋》，收入《景印文淵閣四庫全書》第1490冊，臺北：臺灣商務印書館，1983年－1986年。

宋・周密輯：《絕妙好詞》，《中華再造善本》叢書，清代編：集部，北京：北京圖書館出版社，2003年。

宋・周密撰：《浩然齋雅談》，收入《叢書集成新編》第78冊，臺北：新文豐出版公司，1985年。

宋・周密撰，張茂鵬點校：《齊東野語》，北京：中華書局，2008年。
宋・吳自牧撰：《夢粱錄》，《東京夢華錄》外四種，臺北：大立出版社，1980年。
宋・李綱撰：《粱谿集》，收入《景印文淵閣四庫全書》第1125冊，臺北：臺灣商務印書館，1983年－1986年。
元・脫脫等撰：《宋史》，臺北：鼎文書局，1983年。
清・張宗泰著：《魯巖所學集》，沈雲龍主編：《近代中國史料叢刊續編》，臺北：文海出版社，1975年。
清・永瑢、紀昀等撰：《四庫全書總目提要》，臺北：臺灣商務印書館，1983年。

二、近人著作（依作者姓氏筆畫排列）

（一）專書

吳熊和撰：《唐宋詞通論》，杭州：浙江古籍出版社，1989年。
唐圭璋編：《詞話叢編》（全五冊），臺北：新文豐出版公司，1988年。
唐圭璋編：《全宋詞》（全五冊），北京：中華書局，1988年
蕭　鵬著：《群體的選擇—唐宋人詞選與詞人群通論》，南京：鳳凰出版社，2009年。

（二）期刊論文

李洪波撰：〈史家意識與遺民情懷—周密與筆記撰述〉，《文史知識》2005年第9期。
張　雁撰：〈《絕妙好詞》版本考〉，《古籍整理研究學刊》2001年第4期。

陳水雲撰：〈唐宋詞籍在明末清初傳播述略〉，《湖南文理學院學報》第32卷第5期，2007年9月。

鄭海濤撰：〈《絕妙好詞》在清代詞壇的接受〉，《西華師範大學學報》2009年第1期。

（三）學位論文

張曉寧撰：《周密詞創作心態初探》，西安：陝西師範大學碩士論文，2004年。

金代詞選——元好問《中州樂府》析論

壹、前言

金代，為十二世紀初，由生活於中國北方白山黑水區之女真族，所建立之政權。宋徽宗政和5年（西元1115年），完顏阿骨打立國稱帝，[1]建元收國，國號「大金」，[2]是為金太祖。此後金代之統治體系逐步確立，至世宗完顏雍為全盛階段；而金代晚期，卻遭蒙古軍大舉南侵，並聯宋攻金，金哀宗天興2年（南宋理宗端平元年，西元1234年），哀宗完顏守緒見局勢危急，傳位與末帝完顏承麟，去國出走，但旋即自縊；而承麟出戰，亦死於亂軍之中，於是金朝滅亡，凡歷九主一百二十年。建國期間，女真民族大量吸收中原地區之漢文化，王易《詞曲史》曰：「金以女直（真）佔略中原，土地人民，率仍其舊，典章文物，多出南朝。初，太宗取汴，得宋之儀章鐘磬樂簴，挈之以歸。熙宗始就用宋樂，及大定明昌之際而大備。……至民間歌曲，亦與南宋同

[1] 劉浦江〈關於金朝開國史的真實性質疑〉曰：「我初步認為，完顏阿骨打於公元1114年起兵以後，可能在1117年或1118年建立了國家，國號是“女真”，年號為天輔，1122年改國號為“大金”。」（《歷史研究》1998年第6期），頁72。此文中對一般史籍所記載之金朝開國時間及國號等，有諸多考辨，可參見。

[2] 《金史》卷二十四〈地理上〉「上京路」項下載：「上京路，即海古之地，金之舊土也。國言『金』曰『按出虎』，以按出虎水源於此，故名金源，建國之號蓋取諸此。」第2冊（北京：中華書局，1975年7月），頁550。

時並趨。詞之作者，亦不乏可稱。元好問曾輯《中州樂府》，總三十六人，百二十四首，於金詞略可具見。」[3]金、元兩代，因多工於小令套數，致詞作向來為人所忽視，[4]事實上，正如黃拔荊《中國詞史》所言：「金元詞並沒有中止或衰亡，只不過是在特定的政治和歷史條件下起著新的變化，它仍從各方面繼承宋人的成就，而且有所發展，也反映出一定的時代風貌。」[5]元好問《中州樂府》為現存金代唯一之詞選總集，保留有金一代詞人諸作，故考探其編選之動機、原因與標準，當可體現金代詞學發展之趨勢與特色。

貳、編者生平簡介

元好問，字裕之，號遺山，[6]太原秀容（今山西省忻縣）人，系出北魏鮮卑族拓跋氏，郡望河南；五代後，自汝州（今河南省臨汝縣）遷平定（今山西省平定縣），宋末又遷忻州，遂落

[3] 王易撰：《詞曲史》（臺北：廣文書局，1988年8月），頁223-224。

[4] 清・吳衡照《蓮子居詞話》卷三曰：「金元工於小令套數而詞亡。」收入唐圭璋編：《詞話叢編》第3冊（臺北：新文豐出版公司，1988年2月），頁2461。

[5] 黃拔荊著：《中國詞史》上卷（福州：福建人民出版社，2003年5月），頁535。

[6] 劉澤〈元好問的姓名字號由來及其籍里變遷〉曰：「遺山本是現今山西省定襄縣城東北十五里神山村的一座小山名，也叫神山。……元好問曾在21歲至27歲之間讀書於此，晚年歸鄉後亦寓居於此。……大概元好問一是懷戀家鄉山水、讀書勝地之美，二是仰慕遺山平地突兀、孤聳峭立之姿，三是世衰時亂，有遺世獨立之念，因此當他27歲時，忻州又遭蒙古鐵騎蹂躪，逃難渡黃河，寓居河南後，即自號遺山。」（《山西大學師範學院學報》1994年第2期），頁12。

籍於此。其遠祖元結，為唐代詩文大家，而高祖誼、曾祖春、祖父滋善，皆乃朝廷重臣；是以其家學淳厚，自幼即生長於深受儒家文風熏染之官宦世家。好問年約十八，婚娶同郡張氏，戶部尚書林卿之女，而金哀宗正大8年（西元1231年），張氏病歿，卒於南陽（今河南省南陽縣）；後好問年四十三，再配臨清毛氏，榷貨司提舉飛卿之女；有子男四人，女五人。好問一生，由於時代環境之變革，可謂顛沛流離，浮沉宦海，然奮勉自持，為世所重。茲將其生平經歷，分成四階段略述之：

一、拜師求學之少年時期（西元1190年－1208年）

好問生於金章宗明昌元年（西元1190年），父元德明（名佚），累舉不第，布衣蔬食，以詩酒自適，年四十八卒，有《東巖集》三卷。好問二兄：好古（字敏之）、好謙（字益之），亦敏悟能詩，惟好問最知名。好問甫生七月，因叔父元格無嗣，過繼為子；而元格歷任陵川（今山西省陵川縣）、隴城（今甘肅省秦安縣東北）縣令，又以好問貴顯，贈明威將軍，後病卒任所，年四十九。好問天資聰穎，啟蒙較早，由元格及繼母張氏教導，三歲已識字數百，四歲讀《千字文》、唐宋詩詞，五歲則讀《大學章句》；後隨元格游宦各地，拜師學習，人稱神童，頗受矚目。金・郝經〈大德碑本遺山先生墓銘〉曰：

> 先生七歲能詩，太原王湯臣稱為神童。年十一，從其叔父官于冀州。學士路宣叔賞其俊爽，教之為文。年十有四，其叔父為陵川令，遂從先大父學，先大父即與倡和。或者譏其不事舉業，先大父言：「吾政不欲渠為舉子爾，區區

一第，不足道也。」遂令肆意經傳，貫串百家。六年而業成。[7]

好問先後受業於路鐸（字宣叔）、郝天挺（字晉卿，郝經之祖父），除學作詩文外，並博覽經子之書，郝師勉以「讀書不為藝文，選官不為利養，唯通人能之。」[8]是知良好之家教與師承，不僅奠定其深厚之文學基礎，更涵養其務實尚義之人格氣節。

二、交游揚名之青年時期（西元1209年－1223年）

金宣宗貞祐年間，蒙古大軍壓境，分三路來伐，貞祐2年（西元1214年），忻州城陷，好問避亂南渡，寓寄三鄉（今河南省宜陽縣西），後移至登封（今河南省登封縣），復往昆陽（今河南省葉縣）等地。雖遇兵禍連年，好問有家難歸，但其卻趁此尋訪散居各地好友，並結交才俊名士，往還唱和，相互切磋而得以嶄露頭角。元好問〈答聰上人書〉曰：

僕自貞祐甲戌南渡河時，犬馬之齒二十有五，遂登楊、趙之門。所與交如辛敬之、雷希顏、王仲澤、李欽叔、麻知幾諸人，其材量文雅皆天下之選。[9]

---

[7] 金・郝經撰：〈大德碑本遺山先生墓銘〉，見姚奠中主編，李正民增訂：《元好問全集》下冊（太原：山西古籍出版社，2004年1月），卷53，頁1263。

[8] 金・元好問輯：《中州集》，收入《景印文淵閣四庫全書》第1365冊（臺北：臺灣商務印書館，1983年－1986年），卷9，頁10-11。

[9] 金・元好問撰：〈答聰上人書〉，見姚奠中主編，李正民增訂：《元好問全集》上冊，卷39，頁808。

又金・郝經〈大德碑本遺山先生墓銘〉曰：

> 先生……下太行，渡大河，為〈箕山〉、〈琴臺〉等詩。趙禮部見之，以為少陵以來無此作也，以書招之。於是名震京師，目為元才子。[10]

好問與諸鉅公游，多得師友之益；金宣宗興定末年（西元1221年），好問於京師（汴梁，今河南省開封縣）會見禮部尚書閑閑公（趙秉文，字周臣，自號閑閑）及楊吏部之美（楊雲翼，字之美），二人見其詩作，嘖嘖稱奇，盛讚不已，延譽諸公間，從此享譽士林。「蓋先生之生，實間氣所鍾，集金之大成，開元之先聲，以主持數百年文章氣運，非偶然也。」[11]

三、應試任官之中年時期（西元1224年－1234年）

元好問於金章宗泰和5年（西元1205年），十六歲時，曾赴并州（今山西省太原縣），參加府試，未能及第；三年後，以秋試留長安（今陝西省西安市）中八九月，但時紈綺氣未除，仍榜上無名。後又於金宣宗貞祐2年（西元1214年）、金宣宗興定2年（西元1218年）至汴京（今河南省開封縣），再試不中。直至金宣宗興定5年（西元1221年），方登進士第，但因趙秉文等掌貢舉，對其「力為挽之，獎借過稱」，[12]遂遭人嫉害，目之

[10] 金・郝經撰：〈大德碑本遺山先生墓銘〉，同前註，下冊，卷53，頁1263。

[11] 清・凌廷堪編：《元遺山先生年譜》，收入《北京圖書館藏珍本年譜叢刊》第35冊（北京：北京圖書館出版社，1999年4月），卷上，頁14。

[12] 金・元好問撰：〈趙閑閑真贊〉二首，見姚奠中主編，李正民增訂：

為「元氏黨人」，好問乃憤不就選。然於金哀宗正大元年（西元1224年），好問為趙秉文、楊雲翼等人薦引，應宏詞科，中選，年三十五，授儒林郎，權國史院編修官，而自此即開始其仕宦生涯。金·郝經〈大德碑本遺山先生墓銘〉曰：

> 初筮仕，除鎮平令，再轉內鄉，遂丁艱憂。終喪。正大中，辟申州南陽令。南陽大縣，兵民十餘萬，帥府令兼鎮撫，甚有威惠。詔為尚書都省掾。居無何，除左司都事，再轉為中順大夫，行尚書省左司員外郎，兼修起居注，上騎都尉，河南縣開國子，食邑五百戶，賜紫金魚袋。天興初入翰林，知制誥。金亡，不仕而卒。[13]

好問出仕任官，前後十年之間，盡忠職守，愛民如子，雖屢遷高位，但憂政務，悲國運，內心鬱悶痛苦，時有歸田隱居之思。好問晚年，重游任職舊地，父老歡飲留宿，熱情款待，故吏不忘舊恩，替其祭掃母墳，顯見其寬厚待下，遺愛在民。

四、抗節不仕之晚年時期（西元1235年－1257年）

金哀宗天興2年（西元1233年），蒙古兵圍攻京城甚急，哀宗棄軍南逃至歸德（今河南商邱縣）、蔡州（今河南省汝南縣），而汴京西面元帥崔立作亂，以城降蒙古。次年，蔡州城破，哀宗自縊，末帝被殺，金遂亡。後窩闊臺（追封為元太宗），將亡金故官及三教九流等，集中於山東、河北等地，故好

《元好問全集》上冊，卷38，頁798。

[13] 金·郝經〈大德碑本遺山先生墓銘〉，同前註，下冊，卷53，頁1263-1264。

問乃北渡，被拘管於聊城（今山東省歷城縣）。隔年獲釋，遷居冠氏（今山東省冠縣），復得自由。

金亡後，好問決心不效異族，終老不仕，為後人稱道。然卻因其於金哀宗天興2年（西元1233年），參與撰寫崔立「功德碑」碑文；於金哀宗天興3年（西元1234年），將赴聊城羈管行前，上書耶律楚材，撰寫〈寄中書耶律公書〉；[14]又於元憲宗2年（西元1252年），與張德輝北見元世祖於潛邸，請世祖忽必烈為儒教大宗師等；諸般行事，不為時人了解，頗受爭議。[15]然好問不惜降志辱身以求全，始終以延續傳統文化為職責所在，晚年著述存史、復興儒學，不遺餘力。金．郝經〈大德碑本遺山先生墓銘〉曰：

> 汴梁亡，故老皆盡，先生遂為一代宗匠，以文章獨步幾三十年。銘天下功德者盡趨其門。有例有法，有宗有趣，又至百餘首。為《杜詩學》、《東坡詩雅》、《錦機》、《詩文自警》等集，指授學者。方吾道壞爛，文曜噎昧，先生獨能振而鼓之，揭光于天，俾學者歸仰，識詩文之正而傳其命脈，繫而不絕，其有功于世又大也。每以著作自任，以金源氏有天下，典章法度幾及漢、唐，國亡史興，己所當為。而國史實錄在順天道萬戶張公府。乃言于張公，使之聞奏，願為撰述。奏可。方闢館，為武安樂夔所

[14] 金．元好問撰：〈寄中書耶律公書〉，同前註，上冊，卷39，頁804-805。

[15] 後之學者對於此三事，已考辨甚詳，可參見：清．翁方綱編《元遺山先生年譜》、清．施國祁編《元遺山全集年譜》、清．凌廷堪編《元遺山先生年譜》及繆鉞撰《元遺山年譜彙纂》等，茲不贅述。

> 沮而止。先生曰：「不可遂令一代之美，泯而無聞。」乃為《中州集》百餘卷，又為《金源君臣言行錄》。往來四方，采摭遺逸。有所得，輒以寸紙細字親為記錄，雖甚醉不忘。於是雜錄近世事百餘萬言。捆束委積，塞屋數楹，名之曰「野史亭」。書未就而卒。[16]

好問北渡以還，往來四方，采摭遺逸，以國史著作自任，然卻不幸於元憲宗7年（西元1257年），病卒獲鹿（今河北省獲鹿縣）寓舍，後歸葬於故鄉忻州秀容縣韓巖村繫舟山下之祖塋，享壽六十八歲。好問歿後，嚴忠濟之弟忠傑（嚴實之子），於元世祖中統3年（西元1262年）刊其詩文，張德輝類次，共四十卷；前有李冶、徐世隆二序，末有王鶚、杜仁傑二跋，並於明孝宗弘治11年（西元1498年）重刻刊行。好問著作甚多，有：《壬辰雜編》（一名《金源名臣言行錄》）三卷、《錦機》一卷、《詩文自警》十卷、《杜詩學》一卷、《東坡詩雅》三卷、《南冠錄》與《故物譜》等，惜皆已散佚，而目前唯有：《中州集》十卷、《中州樂府》一卷、《唐詩鼓吹》十卷、《續夷堅志》四卷、《遺山集》四十卷及《遺山樂府》三卷等，尚行於世。[17]

---

[16] 金・郝經撰：〈大德碑本遺山先生墓銘〉，見姚奠中主編，李正民增訂：《元好問全集》下冊，卷53，頁1262-1263。

[17] 以上元好問之生平簡介，主要參清・翁方綱編《元遺山先生年譜》三卷、清・施國祁編《元遺山全集年譜》一卷、清・凌廷堪編《元遺山先生年譜》二卷、繆鉞撰《元遺山年譜彙纂》、林明德撰《元好問年譜》、葉慶炳等編《元好問研究資料彙編》（上、下輯）、姚奠中編《元好問全集》（全二冊）、鍾屏蘭著《元好問評傳》及劉明浩著《腹心歟，寇仇歟：元好問撰》等。

參、編選版本及體例

《中州樂府》，一卷，或附錄於元好問所輯《中州集》之後，或單刻行世，版本甚夥。故擬據目前可得見者考之，析其體例、內容，以明其編排之特色與異同。

一、《中州樂府》附錄於《中州集》之後

此將《中州集》與《中州樂府》合刻於一帙者，主要之版本有以下幾種：

（一）蒙古憲宗乙卯（5年，西元1255年）刊本（以下簡稱「乙卯本」）

《中州集》，十卷，書前為元好問〈中州集引〉，次為「乙卯新刊中州集總目」，著錄詩人、作品數及詩題，大體以作者時代先後為序；卷內首錄顯宗、章宗詩各一首，不入卷數；正文卷端題「中州甲集第一」，全書分為十集，以天干次第之；而書內各卷又列有目錄，亦標示詩人及其作品數，然或與「總目」略有出入。其中「辛集第八」於目錄後，特別標示「別起」二字，「壬集第九」則將入選詩人分為：諸相、狀元、異人及隱德等類；「癸集第十」又區分為：三知己、南冠五人等；而後「附見」部分，乃收錄宋遺民及好問父兄之詩。[18]故茲依「總目」所列，將各卷所錄詩人及詩歌總數，統計於下：

[18] 關於《中州集》前七卷與後三卷，體例不一之問題，胡傳志《金代文學研究》（合肥：安徽大學出版社，2000年5月）第三章第一節：《中州集》的編纂過程和編纂體例（頁122-131），有詳細之分析論述，可參見。

卷 次	詩人總數	詩歌總數
聖 製	2	2
第一卷	7	259
第二卷	20	199
第三卷	6	266
第四卷	12	269
第五卷	17	225
第六卷	9	190
第七卷	38	236
第八卷	74	118
第九卷	55	110
第十卷	11	192
合 計	251	2066

《中州集》全書，共收錄詩人251位，詩歌2066首。此書除顯宗、章宗外，所列詩人各有小傳，傳中除詳述生平、爵里、著作外，並兼評詩作，因此有的篇幅甚長，多達數百字；而卷尾另附元・張德輝〈後序〉。

最後於書末則輯錄《中州樂府》一卷，首列目錄，標示詞人及詞數，起於吳彥高，終於折元禮，大體亦以作者時代先後排列，計選錄金代詞人36家，實收詞作115闋。[19]惟卷內僅鄧千江、[20]宗室文卿、張信甫、王玄佐及折元禮等五人，繫以小傳，而餘者應是已見於詩集，為避重複，故不錄。

[19] 卷內東巖君（元德明）後，附載蔡丞相（伯堅）及高子文（士談）詞各一闋，亦納入計算。

[20] 集中所錄鄧千江小傳僅載：「臨洮人。」見金・元好問編：《中州集》，附《中州樂府》（北京：線裝書局，2001年12月），頁4。

然此書編纂之過程幾多波折，歷時長久，方大功告成、據元好問〈中州集引〉曰：

> 歲壬辰，予掾東曹，馮內翰子駿延登、劉鄧州光甫祖謙，約予為此集，時京師方受圍，危急存亡之際，不暇及也。明年留滯聊城，杜門深居，頗以翰墨為事，馮、劉之言，日往來於心。……乃記憶前輩及交游諸人之詩，隨即錄之。會平叔之子孟卿，攜其先公手抄本來東平，因得合予所錄者為一編，目曰《中州集》。[21]

又元・張德輝〈中州集後序〉曰：

> 元遺山北渡後，網羅遺逸，首以纂集為事，歷二十寒暑，僅成卷帙。思欲廣為流布，而力有所不足，第束置高閣而已。己酉秋，得真定提學龍山趙侯國寶資藉之，始鋟木以傳。[22]

是知元好問自金哀宗天興元年（壬辰，西元1232年），即擬編選《中州集》，而於天興2年（西元1233年）後，留滯聊城，才開始著手進行纂輯工作，直至蒙古海迷失后元年（己酉，西元1249年），獲真定提學趙國寶資助，《中州集》才得刊刻行世，整個編纂過程，長達十七年之久，而張德輝謂「歷二十寒暑」，始成卷帙，應取其整數而言。

[21] 金・元好問撰：〈中州集引〉，同前註，頁1。
[22] 元・張德輝撰：〈中州集後序〉，同前註。

《中州集》目前所存最早之版本，為蒙古憲宗乙卯（5年，西元1255年）刊本。傅增湘於〈題元刊本中州集〉中考證：「今世所舊刻，首題『乙卯新刊』，則為蒙古憲宗五年，距開雕之日歲琯已六七更，豈遷延數載始畢工耶。其刊本流傳最為罕秘。」[23]而現有北京：線裝書局，據日本宮內廳書陵部藏本影印出版；收藏於臺北：中央研究院圖書館、國立臺灣大學圖書館及臺南：國立成功大學圖書館等。

（二）元武宗至大庚戌（3年，西元1310年）曹氏進德齋刻遞修本（以下簡稱「至大本」）

此刻本主要可分為兩種：

1. 卷首為元好問〈中州鼓吹翰苑英華序〉，次為「翰苑英華中州集總目」，卷末附錄「金板中州集缺數」及清・黃丕烈〈跋〉語。其餘收錄內容、行款格式，悉與「乙卯本」同，惟無《中州樂府》。現臺北：國家圖書館所藏，即此本（以下簡稱「黃跋本」）。
2. 卷首為傅增湘〈元刊中州集題辭〉，次為元好問〈中州鼓吹翰苑英華序〉，後為「翰苑英華中州集總目」，其內容、行款亦與「乙卯本」同，附錄《中州樂府》（配影元抄本）一卷。此刻本現為北京：中國國家圖書館所藏（以下簡稱「傅辭本」）。

曹亦冰〈《中州集》影印說明〉曰：「此書初刻時，當為『乙卯新刊』，後坊肆得其版重印，特改題此四字（按：改『乙

[23] 傅增湘撰：《藏園群書題記》（上海：上海古籍出版社，1989年6月），卷19，頁964-965。

卯新刊』四字為『翰苑英華』或『中州鼓吹翰苑英華』），以便流布，非別有覆板也。」[24]其後民國庚申（9年，西元1920年）季冬武進董氏誦芬室，即據「傅辭本」刊行；而民國18年（西元1929年），上海商務印書館《四部叢刊》又影印誦芬室景元刊本，出版發行。現臺北：國家圖書館，皆有藏本。

（三）元仁宗延祐乙卯（2年，西元1315年）刊元建安廣勤書堂修補本（以下簡稱「延祐本」）

此刊本書名題曰《翰苑英華中州詩集》，卷端首頁，即錄顯宗、章宗之詩，次為「中州甲集第一」，而於「癸集第十」卷末，方載元好問〈中州鼓吹翰苑英華序〉及「翰苑英華中州集總目」，其後則接續《中州樂府》（係影元抄配）一卷；除以上所述外，其餘之內容、行款，則大體與「乙卯本」同。現收藏於臺北：國家圖書館。

（四）明末虞山毛氏汲古閣刊本（以下簡稱「汲古閣本」）

此刊本卷首為弘治丙辰閏三月朔華容嚴永濬〈中州集序〉及元好問〈中州集引〉，書中分為十卷，各卷之前載錄「中州集姓氏總目」，著錄詩人及作品數；次為「中州集目錄」，標示詩人、作品數及詩題。正文卷端題「中州集卷第一」，其下署「河東人元好問裕之集」，版心有「汲古閣」字樣，上方記書名；惟缺錄顯宗、章宗詩各一首，而其餘所錄之詩，大體同於「乙卯

[24] 曹亦冰撰：〈《中州集》影印說明〉，見金・元好問編：《中州集》，附《中州樂府》（北京：線裝書局），頁6-7。此係曹亦冰據傅增湘〈元刊中州集題辭〉引證。

本」。然於「中州集卷第十」後，錄有元好問詩〈自題中州集後〉五首，卷末則有明・毛晉〈跋〉語、元・張德輝〈中州集後序〉及清・王汝楫朱筆手〈跋〉。故《中州集》部分，應為毛晉汲古閣，據明孝宗弘治丙辰（9年，西元1496年）沁水李瀚刻本刊行（以下簡稱「李瀚刻本」）。現收藏於北京：中國國家圖書館。

另外於《中州集》後，又載嘉靖15年歲次丙申冬漢嘉後學彭汝寔〈中州樂府序〉，其次為「中州樂府目錄」，著錄詞人、詞數及詞調，卷端首頁題「中州樂府」，其下署「河東人元好問裕之集」，版心亦有「汲古閣」字樣，上方記書名。卷中所選詞家，起於吳激，終於好問父德明，而詞作內容則與「乙卯本」同。卷內於書眉處或詞人名下，有朱孝臧手校及葉恭綽手書題記，標注與元本不同之處；卷尾有嘉靖丙申九月庚辰屬吏毛鳳韶〈跋〉文及毛晉〈跋〉語。夫據毛晉〈跋〉語曰：「家藏《中州集》十卷，逸其樂府，梓人告成，殊怏怏然；既得《樂府》一帙，乃九峯書院刻本也，不勝劍合之喜。……其小敘已見詩集中，不復贅云。」[25]是知《中州樂府》部分，為毛晉汲古閣，據明世宗嘉靖丙申（15年，西元1536年）高登九峯書院刻本刊行（以下簡稱「九峯書院本」）。現收藏於北京：中國國家圖書館。

毛晉「汲古閣本」合刊「李瀚刻本」與「九峯書院本」為一，而把《樂府》集中宗室文卿、張信甫、王玄佐與折元禮等四人小敘刪去；後朱孝臧將宗室文卿、張信甫、折元禮等三人小

[25]明・毛晉撰：〈中州集・跋〉，見金・元好問編：《中州集》，附《中州樂府》（明末虞山毛氏汲古閣刊本，臺北：國家圖書館），頁41。

敘，予以手抄補錄。此「汲古閣本」，現收藏於臺北：國家圖書館。

（五）清乾隆間寫文淵閣四庫全書本（以下簡稱「四庫本」）

此版本於書前題「中州集卷首」，其下署「金元好問編」，載顯宗、章宗之詩，其次為「中州集卷一」；全書共分十卷，皆未編列目錄，而於「中州集卷十」後有「中州集附錄」，收錄元好問詩〈自題中州集後〉五首。書末則纂輯《中州樂府》，亦無目錄及詞人小敘；卷尾則有明・毛鳳韶及明・毛晉〈跋〉語。夫據《四庫全書總目提要》「中州集附中州樂府」曰：「後附《中州樂府》一卷與此集皆毛晉所刊，卷末各有晉〈跋〉，稱初刻《中州集》，佚其《樂府》，後得陸深家所藏《樂府》，乃足成之，今考集中小傳，皆兼評其《樂府》，是《樂府》與《中州集》合為一編之明証，今亦仍舊本錄之。」[26]故「四庫本」應是依據「汲古閣本」刊刻而有所改易，現為國立故宮博物院圖書館收藏，後經臺北：臺灣商務印書館景印，列入第1365冊。

（六）舊鈔本

此書卷前載明・嚴永濬〈中州集序〉、金・元好問〈中州集引〉及元・張德輝〈中州集後序〉，次為「新刊中州集總目」，卷端題「中州甲集第一」，全書共分十卷，而於「中州癸集第十」後，錄有明・彭汝寔〈近刻中州樂府敘〉，其後卷端題「中州樂府集」。惟卷內所刊詞作，多有缺漏及錯簡之情形，如：黃

[26] 清・永瑢、紀昀等撰：《四庫全書總目提要》第5冊（臺北：臺灣商務印書館，1983年10月），卷188，頁2-3。

華玉先生庭筠〈烏夜啼〉（淡煙疎雨新秋）、〈訴衷情〉（夜涼清露滴梧桐）、〈清平樂〉（瓊枝瑤月）、〈水調歌頭〉（秋風禿林葉）、〈謁金門〉（秋蕭索）；王隱君礀〈浣溪沙〉（林樾人家急莫砧）及密國公璹〈朝中措〉（襄陽古道灞陵橋）、〈春草碧〉（幾番風雨西）、〈青玉案〉（凍雲封卻駞岡路）、〈秦樓月〉（寒仍暑）等詞缺漏。又「舊鈔本」將愚軒居士趙元〈行香子〉（潦倒無聞）、（山擁垣墻）；折治中元禮〈望海潮〉（地雄河岳）及先大夫〈好事近〉（夢破打門聲）等詞錯置於孟內翰宗獻之前。此外，卷尾尚有明．毛鳳韶與毛晉〈跋〉語，故「舊鈔本」應係據「汲古閣本」鈔錄。現收藏於臺北：國家圖書館。

二、《中州樂府》單行本

《中州樂府》曾單刻行世者，除上述之「九峯書院本」外，另有重要之版本二種：

（一）清宣統辛亥（3年，西元1911年）至民國6年（西元1917年）仁和吳氏雙照樓刊本（以下簡稱「雙照樓本」）

此《中州樂府》一卷，據元「至大本」（即「傅辭本」）景刊，卷前首列目錄，標示詞人及闋數，起於吳彥高，終於折元禮。卷內僅鄧千江、宗室文卿、張信甫、王玄佐及折元禮等五人，繫有小傳。後吳昌綬將此書輯入《景刊宋金元明本詞》，由上海古籍出版社出版。另《叢書集成三編》亦據《宋金元明本詞》：《景元至大本中州樂府》影印，收錄於「文學類」第62冊。以上諸書，臺北：國家圖書館皆有藏本。

（二）民國11年（西元1922年）歸安朱氏刊本（以下簡稱「朱氏本」）

此書前有明・彭汝寔〈近刻中州樂府敘〉及明・毛鳳韶〈中州樂府後序〉，次為「中州樂府目錄」，著錄詞人、闋數及詞調，卷中所錄詞家，起於吳彥高，終於好問父德明，是以乃將折元禮置於德明翁之前。卷末則附有「中州樂府校記」與朱孝臧〈跋〉語。惟朱氏於〈跋〉語中強調：「右《中州樂府》一卷，彭汝寔、毛鳳韶〈序〉，明嘉靖中嘉定守高登刊之九峰書院者，毛子晉刻《中州集》據宏治（按：應為「弘治」）本刻《樂府》，即據此本。然頗有異文，且云：『小敘已見詩中，不復贅。』不知鄧千江、宗室文卿、張信甫、王玄佐、折元禮五人，詩中俱未見小敘，一概不載疏矣。」[27]是知「朱氏本」為朱孝臧據「九峯書院本」刊刻，並將《中州集》之詩人小敘移入，故書中每位詞人皆繫有小傳；其後朱氏將之輯入《彊邨叢書》，由上海書店及江蘇廣陵古籍刻印社出版。另《叢書集成續編》亦據《彊邨叢書》：《中州樂府》排印，收錄於「文學類」第205冊。以上諸書，臺北：國家圖書館皆有藏本。

肆、編選原因及目的

元好問身處於金、元異代之際，戮力完成諸多著作，而更慧眼獨具，纂輯《中州樂府》；惟其編選是集，當有起始之因與終

[27] 朱孝臧撰：〈中州樂府・跋〉，見金・元好問編：《中州樂府》，收入朱孝臧輯校：《彊邨叢書》上冊（上海：上海書店、江蘇廣陵古籍刻印社，1989年7月），頁81。

究之目的，故擬從以下幾方面探討之：

一、借選詞以存史

《中州集》蒐羅金源一代詩人二百餘位，詩歌二千餘首，其中作品僅收錄一首者，有121人；收錄三十首以上者，有21人；而選錄周昂之詩，則多達百首。因此好問欲「以人傳詩」、「以詩存人」之意甚明。且從元好問〈中州集引〉中，可窺知編輯此集之動機，其言曰：

> 念百餘年以來，詩人為多，苦心之士，積日力之久，故其詩往往可傳。兵火散亡，計所存者，才什一耳，不總萃之，則將遂湮滅而無聞，為可惜也！[28]

顯見元好問輯錄《中州集》之目的，即在保存金源一朝之文獻，使其不致隨世磨滅。故於《中州集》完編後，好問有詩言：「平世何曾有稗官，亂來史筆亦燒殘。百年遺稿天留在，抱向空山掩淚看。」[29]進一步強調其存史之信念，及維護金朝故國文化之責任。而《中州樂府》原附刻於《中州集》後，好問將詩詞並錄，合為一帙，前後詩詞選集之體例，大體相同，好問並一本初衷，以詞存史。《中州樂府》選錄金代三十六位詞人作品，其中僅收錄一闋詞者，有：蔡正甫、劉鵬南、鄧千江；任君謨、

[28] 金・元好問撰：〈中州集引〉，見金・元好問編：《中州集》，附《中州樂府》（北京：線裝書局），頁1。

[29] 金・元好問撰：〈自題中州集後五首〉：第五首，見姚奠中主編，李正民增訂：《元好問全集》上冊，卷13，頁321。

馮士美、王逸賓、胥和之、馮子駿、辛敬之、王仲澤、李正臣、完顏文卿；王正之、孟友之、張信甫；王玄佐、東巖君、折元禮等十八人，[30]佔全書之半數。是知好問蒐訪輯佚，裒集《中州樂府》，可謂總攬金源一代之詞作，有效留存金朝詞學之資產。

然唐、宋以來之詞選，多應歌娛樂之作，故「以詞存史」，為元好問編選詞集之創舉，而其「存史」之動機，更體現於《中州樂府》之作者小傳中。明・彭汝寔〈中州樂府序〉曰：

> 人有小敘志之，中間亦有一二憐材者，文亦爾雅，蓋金人小史也。……三百年來，完顏立國淺陋，故前為宋所掩，後為元所壓，使豪傑無聞焉，甚可痛也！[31]

元好問以傳繫詞體，並借選詞以存史，使《中州樂府》儼然成為一部金朝詞史；其對金代文化之保存，實是苦心孤詣，用力甚勤。

二、寄寓故國之思

《中州集》與《中州樂府》為金源文化之總萃，然其中卻涵括宋遼遺民之作；就《中州樂府》言，其所選錄之三十六位詞人，原則上雖依時代先後排列，但書前所輯則多為來自北宋之詞人，如：原為宋朝使節出使金國而遭留置之吳彥高，生於宋而長

[30] 以上作者題名，依《中州樂府》（「乙卯本」）書中所載。其後所述皆同，不另附註。

[31] 明・彭汝寔撰：〈中州樂府序〉，見金・元好問編：《中州集》，附《中州樂府》（明末虞山毛氏汲古閣刊本），頁1-2。

於金之蔡伯堅，以及先仕宋而後又仕金之高士談與劉鵬南等。以上諸家之作，多寫故宮離黍之悲，抒發山河家國之思。元好問曾言，其「皆宋儒，難以國朝文派論之。」[32]然而卻於《中州樂府》中，選錄吳彥高等人之作，故好問於編選之初，定有其因。明・彭汝寔〈中州樂府序〉曰：

> 夫遺山當有金哀宗之季，國步危促，宋知金仇之不可共，而忘豺狼之不可親，慘禍交臨，不幸生際其時與土者，為之臣妾，莫能奮發，悲憤于邑之情，可想也。故其形之聲韻，暢懷杯酒，繫念君國，多可哀愍，採風者所不棄也。[33]

元好問遭逢金朝覆亡之遽變，曾作〈岐陽〉三首、[34]〈壬辰十二月車駕東狩後即事〉五首、[35]〈癸巳五月三日北渡〉三首[36]及〈續小娘歌〉十首[37]等「喪亂詩」；又曾填〈玉漏遲〉（淅江歸路杳）、〈鷓鴣天〉（顏色如花畫不成）及〈朝中措〉（時情天意枉論量）等[38]「喪亂詞」，表達國破家亡之悲愴心情。因而元好問輯選《中州樂府》，應是透過選詞，吐露其對故國之眷

---

[32] 金・元好問撰：〈蔡珪小傳〉，見金・元好問編：《中州集》，附《中州樂府》（北京：線裝書局），卷1，頁16。

[33] 明・彭汝寔撰：〈中州樂府序〉，見金・元好問編：《中州集》，附《中州樂府》（明末虞山毛氏汲古閣刊本），頁2。

[34] 見姚奠中主編，李正民增訂：《元好問全集》上冊，卷8，頁179。

[35] 同前註，頁182。

[36] 同前註，卷12，頁292。

[37] 同前註，卷6，頁135-136。

[38] 見唐圭璋編：《全金元詞・金詞》上冊（北京：中華書局，2000年10月），頁79、98、102。

戀，與撫今追昔之哀痛，實欲借他人酒杯，澆胸中塊壘。傅增湘〈題元刊本中州集〉曰：「遺山惓懷宗國，垂老不忘，其寄托深摯，意或然也。」[39]是知元好問編選《中州樂府》之原因，除「存史」之動機外，亦有寄寓亡國悲憤，唱出沉痛哀歌之目的。

伍、編選標準及宗旨

元好問所編纂之詩、詞選集，以「中州」命名；而「中州」，一般係指中原地區，為中國文化中心之代表象徵。詹杭倫〈元好問編選《中州集》的宗旨〉曰：「此書之所以命名"中州"，是因為元好問認為，金國擁有中原廣大地盤，而南宋只是偏安一隅；金代文學的發展有著自己一脈相傳的獨特軌跡，呈現出與南宋不同的審美風貌。」[40]故元好問裒集《中州樂府》，應有不同於南宋之選詞標準與維護正統中國文化之宗旨，茲從以下兩點論之：

一、兼收並蓄，不主一格

元好問〈中州集引〉曰：「商右司平叔衡，嘗手抄《國朝百家詩略》，云是魏邢州元道道明所集，平叔為附益之者，然獨其家有之，而世未之知也。……乃記憶前輩及交游諸人之詩，隨即錄之。會平叔之子孟卿，攜其先公手抄本來東平，因得合予所錄者為一編，目曰《中州集》。」[41]是知《中州集》最初以商衡手

[39] 傅增湘撰：〈題元刊本中州集〉，《藏園群書題記》，卷19，頁965。

[40] 詹杭倫撰：〈元好問編選《中州集》的宗旨〉，《四川師範大學學報》1992年第1期，頁50。

[41] 金・元好問撰：〈中州集引〉，見金・元好問編：《中州集》，附《中

抄之魏道明《國朝百家詩略》為底本，除參考商衡所附益者外，主要依據元好問本身之記憶與蒐訪隨錄所得，輯成《中州集》與《中州樂府》。全書雖僅以「金代」為選域，然卻是以「百家」為對象，作為選錄之基礎，因此《中州》一集，所採擇之作家及作品範疇，可謂至廣。元‧家鉉翁〈題中州詩集後〉曰：

> 故壤地有南北，而人物無南北，道統文脈無南北，雖在萬里外，皆中州也，況於在中州者乎？余嘗有見於此。自燕徙而河間，稍得與儒冠縉紳遊。暇日獲觀遺山元子所裒《中州集》者，百年而上，南北名人、節士、鉅儒、達官所為詩，與其平生出處，大致皆採錄不遺。而宋建炎以後銜命見留與留而得歸者，其所為詩與其大節始終，亦復見紀。凡十卷，總而名之曰《中州集》。盛矣哉！元子之為此名也。廣矣哉！元子之用心也。[42]

顯見元好問編纂《中州集》，其採錄之對象，不拘任何身分地位，儘量做到有詞即錄。而好問亦秉持一貫思維，輯選《中州樂府》，故《中州樂府》中之三十六位詞家，就其身世背景區分，大致可歸納為以下幾類：

（一）宋人仕金者

吳激（彥高）、蔡松年（伯堅）、高士談（子文）、劉著

州樂府》（北京：線裝書局）頁1。

[42] 元‧家鉉翁〈題中州詩集後〉，見姚奠中主編，李正民增訂：《元好問全集》下冊，卷54，頁1284。

（鵬南）、張中孚（信甫）等五人。

（二）達官貴族者

蔡珪（正甫）、趙可（獻之）、任詢（君謨）、馮子翼（士美）、李晏（致美）、劉仲尹（致君）、劉迎（無黨）、党懷英（世傑）、王庭筠（子端）、完顏璹（子瑜）、趙秉文（周臣，號：閑閑）、胥鼎（和之）、許古（道真）、馮延登（子駿）、李獻能（欽叔）、王渥（仲澤）、李節（正臣）、完顏從郁（文卿）、高憲（仲常）、王特起（正之）、孟宗獻（友之）、折元禮（安上）等二十二人。

（三）博學知詩者

王澮（玄佐、賢佐）、趙元（宜之）等二人。

（四）避世隱居者

王磵（逸賓）、辛愿（敬之）、景覃（伯仁）、王予可（南雲）、元德明（號：東巖）等五人。

（五）生平不詳者

鄧千江、趙攄（子充）等二人。

由此不難體現，《中州樂府》以「兼收並蓄」為主要之選詞原則；且以上詞家都為當時已故之人，卒年皆在元好問之前，[43]

[43] 丁放《金元詞學研究》曰：「《中州樂府》的作者絕大部分卒於金哀宗天興元年（1232年）之前，則其體例當是“不錄存者”，這說明其編

意欲總結金代詞學之文獻。另就《中州樂府》所選之詞作內容觀之，有「蔡珪（按：字正甫）的沖淡閑雅，劉著（按：字鵬南）的委婉曲折，鄧千江、折元禮（按：字安上）的雄放豪健，王磵（按：字逸濱）的渾厚清婉，胥鼎（按：字和之）的淺易明暢，馮延登（按：字子駿）的清雋恬淡，辛愿（按：字敬之）的健勁快爽。」[44]可謂各種風格兼顧；然一些並無佳致或近乎文字游戲之回文詞，如：王子端〈菩薩蠻〉回文三首，亦予收入，是以難免有「去取不精」[45]之批評。但若將之擯斥，則又無法完整呈現金代詞壇之全貌，故元好問編選《中州樂府》，有「不主一格」之特色，而此亦是其進行選詞工作時，所奉行之宗旨。

二、吟詠情性，推崇蘇辛

金源詞人多出自北地，性格任俠率直，形諸詞作，則有不同於南方之特色。而《中州樂府》所選之詞，雖曰以「兼收並蓄，不主一格」為準則，然元好問操持選政，總集北方詞人之作，自有其所欲標舉與強調之風格取向。元好問〈新軒樂府引〉曰：

纂的起始時間亦為金哀宗天興二年（1233年），少數詞人如完顏從郁（按：字文卿）、趙元（按：字宜之）卒年不可考，難以斷定，但也不會晚於元好問；王澮（按：字玄佐）卒於乃馬真后二年（1243年）前後，張中孚（按：字信甫）卒於憲宗五年（1255年）之後，則此二人當係遺山後來增補；作者中僅李節（按：字正臣）（1219—1274年），卒年晚於元好問，不符合《中州集》不錄生者的體例，或許金代有兩李節，俟考。」（北京：中國社會科學出版社，2002年5月），頁59。

[44] 孔繁華、蕭舟等撰：〈一帙萃編見錦心——由《中州樂府》論元好問在金代詞壇上的地位〉，《徐州師範學院學報》1988年第4期，頁50。

[45] 清・永瑢、紀昀等撰：《四庫全書總目提要》「遺山集」項下曰：「好問才雄學贍，金元之際屹然為文章大宗，所撰《中州集》，意在以詩存史，去取尚不盡精。」第4冊，卷166，頁7。

> 唐歌詞多宮體，又皆極力為之。自東坡一出，情性之外不知有文字，真有「一洗萬古凡馬空」氣象。雖時作宮體，亦豈可以宮體概之？人有言：「樂府本不難作，從東坡放筆後便難作。」此殆以工拙論，非知坡者。所以然者，《詩》三百所載小夫賤婦幽憂無聊賴之語，特猝為外物感觸，滿心而發，肆口而成者爾。其初果欲被管絃、諧金石，經聖人手，以與六經并傳乎？小夫賤婦且然，而謂東坡翰墨游戲，乃求與前人角勝負，誤矣！自今觀之，東坡聖處，非有意于文字之為工，不得不然之為工也。坡以來，山谷、晁無咎、陳去非、辛幼安諸公，俱以歌詞取稱。吟咏情性，留連光景，清壯頓挫，能起人妙思。亦有語意拙直，不自緣飾，因病成妍者。皆自坡發之。[46]

元好問主張詞體之本質，在於抒發情感，寄託心性，並認為「情性」是強化作品深度之要素；而好問此種重情、重韻之詞學觀，分別透過創作、選詞予以實踐。故擬將《中州樂府》（「乙卯本」）中，收錄詞作在五闋以上之詞家，表列如次（按詞數多寡排列），以析其選詞趨向：

[46] 金・元好問撰：〈新軒樂府引〉，見姚奠中主編，李正民增訂：《元好問全集》上冊，卷36，頁764-765。

詞人[47]	闋數
蔡伯堅（松年）	12
劉致君（仲尹）	11
王子端（庭筠）	11
趙獻之（可）	10
完顏子瑜（璹）	7
閑閑趙公（秉文）	6
吳彥高（激）	5
党世傑（懷英）	5
合計	67

《中州樂府》中，選詞在五闋以上者，計有8人，詞作共67闋，約佔全書比例達59％，超過半數以上，大都為金朝名家之作，其抒情寫性，吟詠高歌，或慨嘆、或傷懷、或激憤，抑或閒雅自適，均蘊涵真切之情性。當中如蔡伯堅〈大江東去〉（離騷痛飲）、完顏子瑜〈西江月〉（一百八般佛事）、閑閑趙公〈水調歌頭〉（四明有狂客）及吳彥高〈春從天上來〉（海角飄零）等闋，其內在情志之表達，乃以雄放豪爽為主體精神，清剛疏朗為審美特徵，進而凸顯好問推崇蘇辛風格[48]——「一洗萬古凡馬

[47] 以下作者題名，依《中州樂府》「乙卯本」所載；括號內標註詞人名。

[48] 趙維江《金元詞論稿》曰：「蘇軾詞的最大功績在於為詞壇貢獻了一種全新的詞體樣式——東坡體，“東坡體”不等同於“東坡詞”，其外延為東坡詞中具有詞體革新意義的那部分作品。東坡體最明顯的特徵自然是其以“豪放”為特徵的鮮明風格，蘇軾可稱為東坡體的作品，正如胡寅所言“一洗綺羅香澤之態，擺脫綢繆宛轉之度，使人登高望遠，舉眉高歌，而逸懷浩氣，超然乎塵垢之外”。此外題材的拓展、意境的擴大、語言的更新、音律的靈活等方面都顯示了其與傳統詞體的不同，最重要的一點還在於作品中主體精神的強化和突出。」（北京：中國社會科學出版社，2000年2月，頁79）。本文所謂「蘇辛風格」，亦係指此種

空」之詞學主張。陳匪石《聲執》卷下曰：

> 金詞總集，唯一《中州樂府》，元好問所選。……金源詞人以吳彥高、蔡伯堅稱首，實皆宋人。吳較綿麗婉約，然時有淒厲之音。蔡則疏快平博，雅近東坡。今《明秀集》尚存半部，可以覆按。金據中原之地，郝經所謂歌謠跌宕，挾幽并之氣者，迥異南方之文弱。……此選雖兼收綿麗之作，而氣象實以代表北方者為多。[49]

元好問認為「樂府以來，東坡為第一」，[50]又「極稱稼軒詞」，[51]且其所填詞作，亦近於「稼軒手筆」，[52]故於詞集之選錄，多標舉蘇、辛雄健慷慨之詞風，與豪放質樸之氣韻。清・馮金伯《詞苑萃編》卷六「品藻四」曰：「元遺山集金人詞為《中州樂府》，頗多深裘大馬之風。」[53]是知好問以「吟詠情性」為

慷慨、質樸、豪放之詞體樣式而言，非僅侷限於蘇、辛之個人詞作。

[49] 陳匪石撰：《聲執》，收入唐圭璋編：《詞話叢編》第5冊，卷下，頁4960-4961。

[50] 金・元好問撰：〈遺山自題樂府引〉，見姚奠中主編，李正民增訂：《元好問全集》下冊，卷42，頁972。

[51] 宋・張炎撰：《詞源》，收入唐圭璋編：《詞話叢編》第1冊，卷下，頁267。

[52] 鍾陵《金元詞紀事會評》於元好問〈鷓鴣天〉詞後載：「〔清〕陳廷焯《詞則・放歌集》卷三評"臨錦堂前春水波"一首：蒼茫雄肆，竟似稼軒手筆。評"華表歸來老令威"一首上片：此似劉、蔣。評下片：此又近於稼軒，以力量大而不病其粗也。」（合肥：黃山書社，1995年12月），頁116。

[53] 清・馮金伯《詞苑萃編》，收入唐圭璋編：《詞話叢編》第2冊，卷6，頁1893。

編選《中州樂府》之標準，而以「推崇蘇辛」為選詞之宗旨。

陸、《中州樂府》之價值與影響

元好問用心輯錄《中州樂府》，成為金代唯有之詞選總集，然其以一人之力，不免有所缺失。胡傳志《金代文學研究》，乃詳細析論《中州集》資料疏漏與文獻失誤之處；[54]此外，《中州樂府》亦有調名及人名錯誤之部分。[55]而陳匪石《聲執》卷下，則言《中州樂府》：「或謂其不無掛漏，如遯庵、菊軒之未與；或以〈梅花引〉（城下路）一首見宋刊《東山詞》，疑於失考。然存一代之詞，並見北方之流別，不能以小疵掩之也。」[56]是以就《中州樂府》之編纂體例及文獻內容論之，可謂具有開創之功與集大成之價值，其對金代詞壇之影響，不容忽視。

一、保存金代詞學與史學之重要文獻

元好問藉《中州樂府》，進行蒐羅保存之工作，使部分金詞賴以流傳。蓋據唐圭璋所編之《全金元詞》查考，除無名氏外，共計收錄71位金代詞家，而其中則有特別標明出自《中州樂府》者，故茲將這些詞人及其詞作闋數，予以歸納統計，表列於下：

---

[54] 胡傳志著：《金代文學研究》（合肥：安徽大學出版社，2000年5月），頁138-150。

[55] 唐圭璋撰：〈讀金詞札記〉，《社會科學戰線》1985年第2期，頁259-260。

[56] 陳匪石撰：《聲執》，收入唐圭璋編：《詞話叢編》第5冊，卷下，頁4961。

詞人[57]	《全金元詞》[58]中標明出自《中州樂府》之闋數	《全金元詞》所收皆出自《中州樂府》者
高士談（子文）	4	✓
吳激（彥高）	5	
蔡松年（伯堅）	11	
元德明	1	✓
蔡珪（正甫）	1	✓
劉著（鵬南）	1	✓
趙可（獻之）	10	
鄧千江	1	✓
任詢（君謨）	1	✓
馮子翼（士美）	1	✓
李晏（致美）	4	✓
劉仲尹（致君）	11	✓
劉迎（無黨）	2	
党懷英（世傑）	5	✓
王庭筠（子端）	12	✓
完顏璹（子瑜）	7[59]	✓
王礀（逸濱）	1	✓
趙秉文（周臣）	6	
胥鼎（和之）	1	✓
許古（道真）	2	✓
馮延登（子駿）	1	✓
辛愿（敬之）	1	✓
李獻能（欽叔）	3	✓

[57] 陳匪石撰：《聲執》，收入唐圭璋編：《詞話叢編》第5冊，卷下，頁4961。

[58] 唐圭璋編：《全金元詞》（全二冊）（北京：中華書局，2000年10月）。

[59] 唐圭璋《全金元詞》中，收錄完顏璹詞：〈朝中措〉（襄陽古道灞陵橋）等七闋，出自《中州樂府》；另二闋〈漁父〉詞，則出自《中州集》卷五，故此家之作，以皆出自《中州樂府》視之。

王渥（仲澤）	1	✓
李節（正臣）	1	✓
景覃（伯仁）	3	✓
高憲（仲常）	1	
王予可（南雲）	3	✓
王特起（正之）	1	
趙攄（子充）	2	✓
孟宗獻（友之）	1	✓
張中孚（信甫）	1	✓
王澮（玄佐）	1	✓
趙元（宜之）	3	✓
折元禮（安上）	1	✓
合計	111	28

依據以上統計可知，唐圭璋《全金元詞》採錄自《中州樂府》者，共有詞人35家，詞111闋，除完顏文卿之詞未錄外，幾已將《中州樂府》所選（詞人36家，詞115闋），悉數納入。且《全金元詞》所輯金代詞人之作品，全數出自《中州樂府》者，計有高士談等28位（表中打「✓」者），約佔金代詞人總數40％。是知若無元好問之蒐訪隨錄，編選《中州樂府》，「則無以起辭人將墜之業」，[60]而一些罕見之單篇孤作，亦恐將湮滅而無聞。故《中州樂府》，誠為金代詞學之淵藪，可謂居功甚偉，其對詞壇之貢獻，不容小覷。

此外，《中州樂府》中之作者小傳，記載詞人之生平事蹟、言行經歷與批評議論等，為金源一代提供豐富寶貴之史學資料。《金史・文藝下》曰：「好問……今所傳者有《中州集》及《王

[60] 元・張德輝撰：〈中州集後序〉，見金・元好問編：《中州集》，附《中州樂府》（北京：線裝書局），頁1。

辰雜編》若干卷。……纂修《金史》，多本其所著云。」[61]是以《中州樂府》中之作者小傳資料，為編纂《金史》主要之史料來源，並以資訂正、參照及補充，具有重要之文獻價值。[62]

二、體現詞集編輯之詞史意義

元好問《中州樂府》為各家詞人立傳，不僅保存諸多珍貴之文獻史料，更首創「以詞存史」之新體例；而此種「詞史」之意識，影響所及，由宋至清，呈現出詞集編選之不同現象與另類目的。陶然《金元詞通論》曰：

> 這種以詞傳人、以人存史的方式，在詞學史上有重大意義。……然而以詞存史，卻是元好問的新創。此前歷代的詞集選本或總集，其編集的目的多為娛賓遣興，以供歌唱，《花間》、《尊前》，莫不如是。然而在尊體觀念的影響下，《中州樂府》的編撰，就開創了“詩有史，詞亦有史”的新時代。隨後不久在南宋就出現了黃昇的《唐宋諸賢絕妙詞選》和《中興以來絕妙詞選》，同樣也是在各詞人名下注字號、里貫，所選詞作間附評語，雖不及《中州樂府》那麼詳盡和體例完備，但也是可以作為詞史讀的。南宋亡後，作為南宋遺民的周密不但寫了大量的筆記，記載南宋舊事舊制，以此存史，還在卒前的兩三年間編了一部《絕妙好詞》，所選始於張孝祥，終於仇遠，共

---

[61] 元・脫脫等撰：〈元德明列傳・元好問〉，《金史》第8冊，卷126，頁2742-2743。

[62] 張博泉等撰：〈《中州集》與《金史》〉（收入山西省古典文學學會、元好問研究會編：《元好問研究文集》，太原：山西人民出版社，1987年11月，頁344-357。）一文，對於《中州集》與《金史》之關係，有詳細論述，可參見。

一百三十二家，盡管未給詞人立傳，但從選目上來看，基本上也就可以看作是一部以姜夔、史達祖、吳文英等人為標準的南宋詞史。此後清代朱彝尊的《詞綜》，側重於以人存史，而張惠言的《詞選》，則側重於通過選目體現詞學觀念，溯其源，都自《中州樂府》發端。[63]

南宋理宗淳祐9年（西元1249年），黃昇編《花菴絕妙詞選》，包括：前十卷《唐宋諸賢絕妙詞選》和後十卷《中興以來絕妙詞選》，此亦是《中州樂府》獲得資助而得以刊行之時；又元成宗貞元元年（西元1295年）之後，周密編《絕妙好詞》；至清代則有朱彝尊《詞綜》及張惠言《詞選》等總集之編纂；雖然都無直接依據，可斷言定是受《中州樂府》之影響，但卻能說明「遺山以自覺的詞史意識編輯一代詞集，體現了一種歷史的必然要求。」[64]而後張璋、黃畬編《全唐五代詞》，曾昭岷等亦編著《全唐五代詞》，唐圭璋編《全宋詞》、《全金元詞》，饒宗頤、張璋纂輯《全明詞》，以及南京大學中國語言文學系全清詞編纂研究室所編之《全清詞》（順康卷）等，[65]於體例之編排

[63] 陶然著：《金元詞通論》（上海：上海古籍出版社，2001年7月），頁393-394。

[64] 趙維江著：《金元詞論稿》（北京：中國社會科學出版社，2000年2月），頁117。

[65] 張璋、黃畬編：《全唐五代詞》（臺北：文史哲出版社，1986年10月）。
曾昭岷等編著：《全唐五代詞》（全二冊）（北京：中華書局，1999年12月）。
唐圭璋編：《全宋詞》（全五冊）（北京：中華書局，1988年3月）。
唐圭璋編：《全金元詞》（全二冊）（北京：中華書局，2000年10月）。
饒宗頤、張璋纂輯：《全明詞》（全六冊）（北京：中華書局，2004年1月）。
南京大學中國語言文學系全清詞編纂研究室編：《全清詞》（順康卷）（全二十冊）（北京：中華書局，2002年5月）。

上，均為以傳繫詞，其詞學之觀念，更力主求全以備史，故與《中州樂府》所體現之詞史意識，可謂一脈相承。

柒、結語

元好問自金哀宗天興2年（西元1233年），開始進行纂輯《中州集》與《中州樂府》之工作，歷時十七年，至蒙古海迷失后元年（西元1249年），方得刊行於世。目前可得見之版本，有將《中州集》與《中州樂府》合刻於一帙者，亦有將二者分別單刻者；其中以蒙古憲宗乙卯（5年，西元1255年）之刊本為最早，故本文所論，主要以此為據，兼及其他版本，互為參照。

《中州樂府》選錄金朝詞人36家，實收詞作115闋；全書雖僅以有金一代為選域，然卻以繼承及發揚「中州」——即中原地區之文化為使命。好問生當金、元易代之際而編選是集，除以傳繫詞、借詞存史外，更希冀由此寄寓亡國之悲憤心情。是以書中採擇詞人及作品之範疇至廣，舉凡名人、節士、鉅儒、達官、隱者等，無所不錄，故有去取不精之譏，但卻留存諸多珍貴之文獻史料，並開啟後世詞集編纂之新體例。

趙維江《金元詞論稿》曰：「金元詞，於前被宋詞所掩，同時為元曲所沒，於後又逢清詞復興，致使千百年來其聲名不彰，知音難覓。」[66]金代詞人創作之作品，本不甚多，且於風格內容上，又難以突破兩宋之成就，故不免略顯寂寞。但元好問《中州樂府》之編選，以客觀而完整之基礎，呈現金代中州地區詞人倚

[66] 趙維江著：《金元詞論稿》，頁2。

聲唱和之總體風貌，並推舉以蘇、辛為法之北宗豪放體派，不僅為金代詞壇注入新血，更奠定其於詞史上之特殊地位，使金代詞學之研究具有重要價值。

——本篇為九十四年度行政院國家科學委員會（科技部）專題研究計畫：「金元詞選研究」（NSC 94-2411-H-154-001-）之研究成果

【參考文獻】

一、古籍（依作者朝代先後排列）

宋・張炎撰：《詞源》，收入唐圭璋編：《詞話叢編》第1冊，臺北：新文豐出版公司，1988年。

金・元好問編：《中州集》，附《中州樂府》，明末虞山毛氏汲古閣刊本，臺北：國家圖書館。

金・元好問輯：《中州集》，收入《景印文淵閣四庫全書》第1365冊，臺北：臺灣商務印書館，1983年－1986年。

金・元好問編：《中州樂府》，收入朱孝臧輯校：《彊邨叢書》上冊，上海：上海書店、江蘇廣陵古籍刻印社，1989年。

金・元好問編：《中州集》，附《中州樂府》，北京：線裝書局，2001年。

元・脫脫等撰：《金史》，北京：中華書局，1975年。

清・永瑢、紀昀等撰：《四庫全書總目提要》第5冊，臺北：臺灣商務印書館，1983年10月。

清・馮金伯輯：《詞苑萃編》，收入唐圭璋編：《詞話叢編》第2冊，臺北：新文豐出版公司，1988年。

清・吳衡照撰：《蓮子居詞話》，收入唐圭璋編：《詞話叢編》第3冊，臺北：新文豐出版公司，1988年。

清・凌廷堪編：《元遺山先生年譜》，收入《北京圖書館藏珍本年譜叢刊》第35冊，北京：北京圖書館出版社，1999年。

陳匪石撰：《聲執》，收入唐圭璋編：《詞話叢編》第5冊（臺北：新文豐出版公司，1988年2月

二、近人著作（依作者姓氏筆畫排列）

（一）專書

丁放著：《金元詞學研究》，北京：中國社會科學出版社，2002年。

王易撰：《詞曲史》，臺北：廣文書局，1988年。

胡傳志著：《金代文學研究》，合肥：安徽大學出版社，2000年。

姚奠中主編，李正民增訂：《元好問全集》（全二冊），太原：山西古籍出版社，2004年。

唐圭璋編：《全金元詞》（全二冊），北京：中華書局，2000年。

陶然著：《金元詞通論》，上海：上海古籍出版社，2001年。

傅增湘撰：《藏園群書題記》，上海：上海古籍出版社，1989年。

黃拔荊著：《中國詞史》，福州：福建人民出版社，2003年。

趙維江著：《金元詞論稿》，北京：中國社會科學出版社，2000年。

鍾陵編著：《金元詞紀事會評》，合肥：黃山書社，1995年。

（二）期刊論文

孔繁華、蕭舟等撰：〈一帙萃編見錦心——由《中州樂府》論元好問在金代詞壇上的地位〉，《徐州師範學院學報》1988年第4期。

唐圭璋撰：〈讀金詞札記〉，《社會科學戰線》1985年第2期。

張博泉等撰：〈《中州集》與《金史》〉，收入山西省古典文學學會、元好問研究會編：《元好問研究文集》，太原：山西人民出版社，1987年，頁344－357。

詹杭倫撰：〈元好問編選《中州集》的宗旨〉，《四川師範大學學報》1992年第1期。

劉浦江撰：〈關於金朝開國史的真實性質疑〉，《歷史研究》1998年第6期。

劉澤撰：〈元好問的姓名字號由來及其籍里變遷〉，《山西大學師範學院學報》1994年第2期。

下編

論詞絕句

清代張祥河〈論詞絕句〉十首探析

壹、前言

就中國文學批評史而言，以詩歌絕句之形式，闡述說理或議論內容之批評方法，於文壇上佔有重要之地位。歷來學者除多以絕句論詩外，尚用以論詞、論曲、論畫、論印、論泉及論藏書等，範疇甚廣，無所不至。其中論詞用絕句者，大量出現於清代，共有四十四家，七百餘首；[1]內容涵括各代詞人及其作品之評騭，更有專論婦女或婦女詞者，如：張祥河〈論詞絕句十首專賦閨人〉、汪芑〈題李清照、朱淑真詞〉四首、方熊〈題李清照漱玉集、朱淑真斷腸集〉三首及潘際雲〈題斷腸詞〉一首等。其中以張祥河之作較多，且論述範圍較廣，不以《漱玉》、《斷腸》為限；且當時詞壇亦出現諸多專門以選錄女性詞作為主之詞選集或詞集叢編，如：清・周銘輯《林下詞選》十四卷、清・歸淑芬輯《古今名媛百花詩餘》四卷、清・徐樹敏、錢岳輯《眾香詞》六卷、清・顧嘉容、金壽人輯《本朝名媛詩餘》四卷、清・

[1] 此據國立成功大學中文系教授王偉勇考證：「孫克強《清代詞學》（北京：中國社會科學出版社，2004年7月）第四章第三節（p.68-71），據吳氏（吳熊和）所錄，又增4家，然僅得759首，蓋將宋翔鳳20首，誤排作12首；又將譚瑩176首，誤排作100首。總計孫氏所錄，宜為42家843首，扣除謝乃賔所作，則為41家667首。……然與本人至今所蒐44家708首，終遜色許多。」（「清代論詞絕句會通研究」，九十五年度行政院國家科學委員會專題研究計畫。）

徐乃昌輯《小檀欒室彙刻閨秀詞》十集及清・瘦鶴詞人輯《三閨媛詞全集》三卷等，顯見清代對女性作家漸趨重視。因此本文擬以張祥河〈論詞絕句十首專賦閨人〉[2]為主要研究對象，分析探討清人對賦詠女性及女性詞作之觀點，期能對清代論詞絕句有初步之認識。

貳、作者簡介

張祥河，原名公藩（或作璠），字元卿，號詩舲，一號鶴在，又號法華山人。生於清高宗乾隆50年（西元1785年），松江府婁縣（今江蘇省松江縣）人，家住東門外壽星橋旁，後購郡城西門外「松風草堂」宅居住。祥河性耽詩酒，然精擅書、畫、篆刻等，其詩詞文章，亦有名於時；早年嘗客京師董相國誥邸，與袁沛、周凱等鑽研畫法，所作之畫，清勁瀟灑，尤工畫梅；曾為《大清會典》繪製插圖，清仁宗嘉慶帝六十壽誕，進《庚辰萬紀圖》詩畫冊，稱旨。而祥河之書法，則摹其從祖張照，圓潤渾厚，自成一家，並善作擘窠大字。此外，祥河亦曾加入嘉慶、道光年間之文學社團——宣南詩社，參加者多為在京居宣南之南方籍小官與士子，主要活動內容為消寒、賞菊、憶梅、試茶、觀摩古董，為歐陽修、蘇軾、黃庭堅作壽等，提倡「粉飾現實，消閑遣興」之詩風。

張祥河，清仁宗嘉慶25年（西元1820年）進士，授內閣中

[2] 張祥河〈論詞絕句十首專賦閨人〉，見載於所著《小重山房詩詞全集・詩舲續稟・朝天集》，收入《續修四庫全書》第1513冊（上海：上海古籍出版社，2002年3月），頁487。以下引文，不再另註出處。

書，充軍機章京。遷戶部主事，累轉郎中、山東督糧道。清宣宗道光17年（西元1837年），擢河南按察使，以父憂去官；服除，仍授河南按察使，署布政使。清宣宗道光22年（西元1842年），祥符黃河決口合龍，主持修復河堤、開渠、通惠濟河，以洩積水。清宣宗道光24年（西元1844年），遷廣西布政使，得「伏波銅鼓」四只，建「四銅鼓齋」於松江家中以誌喜。後擢陝西巡撫，鎮壓西安、同州一帶，刀匪擾害閭閻之亂，詔嘉之。清文宗咸豐2年（西元1852年），太平軍逼近陝西，東南軍事日棘，祥河乃奏言：舉行團練，力行保甲，擇要防堵以緝奸；遂逮捕太平軍及其支持者多人。清文宗咸豐8年（西元1858年），擢左都御史，遷工部尚書；後二年，加太子太保。清文宗咸豐11年（西元1861年），因病致仕；次年（清穆宗同治元年，西元1862年），卒於京邸，年七十有八，謚溫和。

張祥河著有《小重山房集》，附詞一卷，續刻《詩舲詞錄》二卷，與《詩舲詩錄》合刊，有松風草堂本。咸豐、同治間，匯刻《小重山房詩詞全集》，涵括：《詩舲詩錄》六卷、《詩舲詩外》四卷、《詩舲詞錄》二卷、《詩舲續稾》二十卷，共三十二卷。又編纂《四銅鼓齋論畫集刻》及《會典簡明錄》，另輯有《秦漢玉印十方》等。[3]

[3] 以上參趙爾巽等撰：《清史稿》第4冊（北京：中華書局，1998年1月），卷421，頁3119-3120；馬興榮等主編：《中國詞學大辭典》（杭州：浙江教育出版社，1996年10月），頁236。

參、論詞絕句十首「專賦閨人」

張祥河〈論詞絕句十首專賦閨人〉，依其所論詞作內容之不同，可歸納為以下兩大類，茲分述於下：

一、后妃宮人

（一）張祥河〈論詞絕句〉第一首云：

> 南唐後主蘂宮修，搗練聲中易感秋。紅錦地衣隨步皺，無言獨自上西樓。

此詩首二句，化用李煜〈搗練子令〉：「深院靜，小庭空。斷續寒砧斷續風」[4]之詞意，張祥河詩中所謂之「蘂宮修」，應是指後主李煜於南唐禁中所修建，猶如仙境般之宮庭閬苑，點明身處於雕欄玉砌深宮中之女子，居處之幽閉與空寂，因而使其對周遭環境之體察，易發敏感。是以詩之次句，則訴諸聽覺，於斷續風中，所傳來者為「寒砧」、「搗練」之聲；古代婦女於暮秋霜降，嚴冬將屆之時，多將衣物予以縫補漿洗，寄往遠在邊地之征夫，因而雖僅聞其聲，卻體現出閨中思婦孤零寂寞之形象。唐圭璋《唐宋詞簡釋》評李煜〈搗練子令〉曰：「『斷續』句敘風送砧聲，庭愈空，砧愈響，長夜迢迢，人自難眠，其心中之悲

[4] 李煜〈搗練子令〉：「深院静，小庭空。斷續寒砧斷續風。無奈夜長人不寐，數聲和月到簾櫳。」見曾昭岷等編著：《全唐五代詞》上冊（北京：中華書局，1999年12月），頁752。

哀，亦可揣知。」[5]祥河藉此描繪出宮中思婦夜長不寐，思緒翻騰之情態，故心中不免倍感淒涼。其後第三句，乃直接引用李煜〈浣溪沙〉（起句：紅日已高三丈透）：「紅錦地衣隨步皺」[6]之句，此闋為後主李煜早期之作品，鋪寫其宮廷奢靡豪華、縱情聲色之享樂生活；由紅色錦緞地毯隨著舞步之起皺，帶引出宮中美女酣歌醉舞之形象。唐圭璋《唐宋詞簡釋》評此詞曰：「此首寫江南盛時宮中歌舞情況。起言紅日已高，點外景。次言金爐添香，地衣舞皺，皆宮中事，換頭承上，極寫宴樂。金釵舞溜，其舞之盛可知；花蕊頻嗅，其醉之甚可知。末句，映帶別殿簫鼓，寫足處處繁華景象。」[7]祥河藉由此句，烘托熱鬧歡愉之場面，並呈現女子自我欣賞與陶醉之心情；然而當面對聚會後之收場，熱鬧後之冷落，將益增莫名之空虛與悲哀，故只能「無言獨自上西樓」，自憐幽獨，徒呼奈何矣！祥河此詩結語，出自李煜〈烏夜啼〉：「無言獨上西樓」[8]之句，以幽怨哀淒、獨自徘徊之女子形象，表明宮中婦女處境之孤寂與心境之惆悵。清・陳廷焯《雲韶集》卷一評此詞曰：「淒涼況味，欲言難言，滴滴是淚。」[9]顯然張祥河並非僅是泛寫「閨中思婦」、「歌舞美女」

---

5 此評見錄於史雙元編著：《唐五代詞紀事會評》（合肥：黃山書社，1995年12月），頁665。

6 李煜〈浣溪沙〉：「紅日已高三丈透。金爐次第添香獸。紅錦地衣隨步皺。　佳人舞點金釵溜。酒惡時拈花蕊嗅。別殿遙聞簫鼓奏。」見曾昭岷等編著：《全唐五代詞》上冊，頁753。

7 見史雙元編著：《唐五代詞紀事會評》，頁668。

8 李煜〈烏夜啼〉（一作〈相見歡〉）：「無言獨上西樓。月如鉤。寂寞梧桐深院鎖深秋。　剪不斷。理還亂。是離愁。別是一番滋味在心頭。」見曾昭岷等編著：《全唐五代詞》上冊，頁767。

9 見史雙元編著：《唐五代詞紀事會評》，頁685。

及「怨悱佳人」等女子情態，而是「別有一番滋味」，道出了其中深切之哀怨與滿腹之辛酸。

（二）張祥河絕句第二首，仍是論述李煜之詞，詩云：

> 夢裏不知身是客，人間天上落花俱。紅茸嚼爛真無賴，唱斷樓頭一斛珠。

此詩首二句，截取自李煜〈浪淘沙〉詞：「簾外雨潺潺。春意將闌。羅衾不暖五更寒。夢裏不知身是客，一晌貪歡。獨自莫憑欄，無限關山。別時容易見時難。流水落花歸去也，天上人間。」[10]後主此闋先用倒敘手法，於醒後追寫夢中情景，繼而再轉述眼前情事。祥河詩之首句，即以「夢裏不知身是客」，表明宮中女子身在異地，如同幽禁之歲月；而惟有於夢中，方能暫時忘卻離鄉背景之哀痛，然夢裏「不知」之歡，益使醒後之悲，更加「不堪」。祥河詩之次句云：「人間天上落花俱」，對身在宮中之女子而言，不管是「天上」抑或「人間」，也不論是「昔日歡樂之舊夢」抑或「如今悲悽之身世」，俱如落花之難返枝頭，好景不在，而人生美好之春光，亦將消逝無踪。最後祥河乃言：「紅茸嚼爛真無賴，唱斷樓頭一斛珠」，點出昔日歡愉之時光；此二句化用李煜〈一斛珠〉詞：「曉妝初過。沉檀輕注些兒箇。向人微露丁香顆。一曲清歌，暫引櫻桃破。羅袖裛殘殷色可。杯深旋被香醪涴。繡床斜凭嬌無那。爛嚼紅

[10] 見曾昭岷等編著：《全唐五代詞》上冊，頁765。

茸，笑向檀郎唾。」[11]後主此詞專以描寫佳人嬌憨嫵媚之神態，清‧李佳《左庵詞話》卷下曰：「李後主詞：『爛嚼紅絨，笑向檀郎唾。』……酷肖小兒女情態。」[12]故或言此詞似為小周后所作。[13]而祥河則以「紅茸嚼爛」，強調宮中女子沉浸於閨房之樂，恃寵撒嬌，並極盡取悅討好之能事，乃謂之為「真無賴」；更用「唱斷」二字，將無所依托，千遍不厭，邀寵取憐之心緒，表露無遺。祥河此詩亦採用倒敘手法，先寫夢中所感，再追憶昔日生活之趣，然而當年華一旦老去，今日失寵之冷落，就成為宮中婦女最後之下場。

（三）張祥河〈論詞絕句〉第三首云：

> 花風廿四字翻新，先露枝頭一點春。誰唱隋宮看梅曲，梅花憐汝隔簾顰。

此詩化用侯夫人〈一點春〉詞：「砌雪消無日，卷簾時自顰。庭梅對我有憐意，先露枝頭一點春。」[14]侯夫人，係為隋煬帝宮人，有美色，富文才，因遭受冷落，不得寵幸，遂懸錦囊遺詩

---

[11] 同前註，頁742。

[12] 清‧李佳撰：《左庵詞話》，收入唐圭璋編：《詞話叢編》第4冊（臺北：新文豐出版公司，1988年2月），頁3167-3168。

[13] 木齋《唐宋詞流變》評李煜〈一斛珠〉詞曰：「此詞當是前期之作。詞中之女郎，多以為歌女，『一曲清歌，暫引櫻桃破』，但從『嬌無那』與嚼茸唾郎來看，非一般歌女所敢為，而其形象之可愛、天真，所寫為在小周后之少女時代亦未可知。」（北京：京華出版社，1997年11月），頁64。

[14] 此詞收入清‧萬樹編、清‧杜文瀾等校刊：《詞律》第1冊（臺北：臺灣中華書局，1978年1月），卷1，頁7。

於臂，自縊身亡，現存詩十三首。祥河此詩為論述侯夫人之處境及心情，首句：「花風廿四字翻新」，先以節令氣候之變化，表明時序之更替。「花風」即花信風，為應花期而來之風，一年依節候有二十四番花信風，[15]而當這二十四候，字字「翻新」，新的一年就將到來；二十四番花信風，以梅花開始，楝花結束，因此當梅花綻開之時，便知「春到人間」；故次句乃云：「先露枝頭一點春」，這枝頭之春意，顯然是梅花報曉。其後末二句：「誰唱隋宮看梅曲，梅花憐汝隔簾顰。」皆以「梅花」來申說情意，清・杜文瀾注侯夫人〈一點春〉詞曰：「此隋宮〈看梅曲〉也，凡二闋，今錄其一。」[16]是知祥河所指之「看梅曲」，即為侯夫人〈一點春〉詞；詞中傾吐，雪消無日，承恩無期，自怨自嘆之悲緒，有誰堪憐？惟有梅花聊以慰藉；反觀梅花尚且「憐汝」，然

[15] 據王世禎《中國節令習俗》載：「按照節氣來說，廿四番花信風，是由小寒起，到穀雨為止。從小寒到穀雨，共歷時四個月，每個月有兩個節氣，四個月共有八個節氣，每個節氣管十五天，每五天為一候，八個節氣共有廿四候，每個候以花的風信相應，所以這形成了廿四番花信風。
廿四番花信風的名字，依照它的次序是：
小寒節——是梅花、山茶、水仙。
大寒節——是瑞香、蘭花、山礬。
立春節——是迎春、櫻花、探春（又稱望風）。
雨水節——是菜花、杏花、李花。
驚蟄節——是桃花、棠棣、薔薇。
春分節——是海棠、梨花。木香。
清明節——是桐花、麥花、柳花。
穀雨節——是牡丹、荼蘼、楝花。
上面列舉的，是八個節氣，廿四個花名，就是所謂的『廿四番花信風』，完全在春季，但是要提前從臘月開始算起。」（臺北：星光出版社，1988年12月），頁83-84。

[16] 見清・萬樹編、清・杜文瀾等校刊：《詞律》第1冊，卷1，頁7。

而君王呢？所謂「一入宮中深似海」，這漫長幽渺之孤寂生活，將無邊無沿。舒紅霞《女性審美文化——宋代女性文學研究》評侯夫人詞曰：「其意境清新，語言質樸親切的自然本色，已超越六朝綺麗的只談梅的形式美的階段，使梅花意象真正具有了審美的品格。」[17]祥河此詩對侯夫人不幸之遭遇，藉著梅花之意象，寄予無限之同情與憐惜；是愛花，是憐人，更是惜才。

（四）張祥河〈論詞絕句〉第四首云：

> 龍舟未許隔花迎，閩后裁牋空復情。持比吳城小龍女，荊州淚眼不曾晴。

此詩首二句化用閩后陳氏〈樂遊曲〉詞：「龍舟搖曳東復東。采蓮湖上紅更紅。波澹澹，水溶溶。奴隔荷花路不通。」[18]閩后，父侯倫，唐末事福建觀察使陳巖，與巖妾陸氏私通，生一女，是夕陸氏夢飛鳳入懷，因小字金鳳，冒姓陳。後梁太祖開平3年（西元909年），金鳳年十七，有才貌，善歌舞，閩主王審知選入後宮，召為才人。後王審知之子延鈞（後改名璘）繼位，封為淑妃，大見寵幸；龍啟元年（西元933年），立為皇后，築長春宮居之。永和元年（西元935年），李倣作亂，被殺。[19]而閩后

[17] 舒紅霞著：《女性審美文化——宋代女性文學研究》（北京：人民出版社，2004年7月），頁84。

[18] 見曾昭岷等編著：《全唐五代詞》上冊，，頁446。

[19] 閩后陳氏之傳記資料，參見史雙元編著：《唐五代詞紀事會評》，頁713-714。

此闋〈樂遊曲〉，係為端陽節所寫，據清・馮金伯《詞苑萃編》卷十曰：

> 端陽日，造綵舫數十於西湖，每舫載宮女二十餘人，衣短衣，鼓楫爭先，延鈞御大龍舟以觀。金鳳作〈樂游曲〉，使宮女同聲歌之。[20]

就整體而言，全詞體現出悠然愜意之生活氣息，但末句用「隔」字與「不通」語，卻隱含有抱怨、不滿之情緒。清・陸昶《歷朝名媛詩詞》卷十一評閩后詞曰：「不言怨而怨自在，善於用筆，伸縮如意。」[21]因此，祥河詩以「龍舟」象徵君王，而以「未許」二字，點出皇家妃嬪未能得到君王眷顧之遺憾，終究僅能隔花相對，即使貴為皇后之陳氏，裁牋述情——作〈樂遊曲〉詞，亦是徒費心機，枉拋一番情意。祥河詩末二句，則化用吳城小龍女〈清平樂令〉詞：「簾卷曲欄獨倚。江展暮天無際。淚眼不曾晴，家在吳頭楚尾。　數點雪花亂委。撲漉沙鷗驚起。詩句欲成時，沒入蒼煙叢裏。」[22]吳城小龍女，係為一溺死女子所化，據懶散道人《白香詞譜箋譜合編》卷三〈荊州亭〉「題攷」曰：

> 本詞舊傳題於荊州江亭柱間，因以為名，故亦曰〈江亭怨〉。按《異聞總錄》：「荊州江亭柱間有詞，黃魯直讀

[20] 清・馮金伯輯：《詞苑萃編》，收入唐圭璋編：《詞話叢編》第2冊，頁1997-1998。

[21] 清・陸昶編：《歷朝名媛詩詞》（清乾隆癸巳吳門陸氏紅樹樓刊本，臺北：國家圖書館），卷11，頁1。

[22] 見唐圭璋編：《全宋詞》第5冊（北京：中華書局，1988年3月），頁3861。

> 之，悽然曰：『似為予發也。』是夕夢女子曰：『吾家豫章吳城山，附客舟至此，墮水死，不得歸，登江亭有感而作，不意公能識之。』魯直驚寤曰：『此吳城小龍女也。』」……《花庵詞選》則名〈清平樂令〉。[23]

吳城小龍女此詞，是寫羈旅異鄉女子，思念家鄉之傷感。清・陸昶《歷朝名媛詩詞》卷十二評曰：「詞氣高爽，自是不凡，所以為龍女；然幽艷之至，黯然神傷，究是靈鬼之作。」[24]而祥河詩以不得進幸之嬪妃，「持比」吳城之小龍女，將難以言說之哀怨，化為流不盡之眼淚；深宮如海，邀寵不得，家園阻隔，思歸不能，最後之下場，當然就是「沒入蒼烟叢裏」。祥河此詩闡述宮中女子青春空誤之不幸，以及離鄉背景、骨肉分離之苦痛，凸顯封建思想下，嬪妃制度之不合理。

然而張祥河寫作此詩，或與時代環境及其遭逢之處境有關。祥河〈詩舲續稾序〉曰：

> 道光己亥歲，余奉諱山居，與姚春木、毛生甫、王海，雨昕夕過，從三君選余舊刻詩詞，計十存三，定為十二卷，重刻於家，其嘉慶己巳以前少作都不錄；自是以後，宦游

---

[23] 懶散道人合編：《白香詞譜箋譜合編》（臺北：廣文書局，1980年9月），卷3，頁168-169。
另蘇者聰《宋代女性文學》，則有不同之看法，茲將其論述內容載錄於後，以備一說。其言曰：「把它列入『鬼仙』類是不妥的，因黃魯直發現此詞是在荊州江亭柱上，說明確有人留下此詞，後來作夢不過是偶合而已。」（武漢：武漢大學出版社，1997年11月），頁327。

[24] 清・陸昶編：《歷朝名媛詩詞》，卷12，頁5。

至汴、至粵，西至甘肅、至陝西、至京師，又十六年，裒所作凡十六卷。[25]

又〈詩舲續稾跋〉曰：

右詩二卷，始自丙辰春，止於辛酉冬。　先曾祖溫和公晚年之作也。[26]

張祥河〈論詞絕句〉十首，輯錄於《詩舲續稾》中，故此十首絕句，或應作於清文宗咸豐年間，最晚當在咸豐5年（西元1855年）之前。當時滿清政府，內有太平天國、捻匪、會黨與回民之亂，外有鴉片戰爭、英法聯軍之禍；而十餘年來，祥河宦游各地，飄泊無定，為國為民，有家難歸，於今卻見社會黑暗，吏治腐敗，致國力重挫，不免憂心失志。《清史稿》卷四百二十一載：

咸豐二年，東南軍事日棘，祥河奏言：「陝西興安等地毗連楚境，應舉行團練，擇要防堵。惟鄉勇良莠不齊，易聚難散，不如力行保甲，為緝奸良法。」三年，召還京。[27]

因而祥河或以此詩喻托自我之政治情懷。故其論閨后無奈之怨與吳城小龍女思鄉之哀，益見感傷。

[25] 清・張祥河撰：〈詩舲續稾序〉，《小重山房詩詞全集》，收入《續修四庫全書》第1513冊，頁395。

[26] 清・張祥河撰：〈詩舲續稾跋〉，同前註。

[27] 趙爾巽等撰：《清史稿》第4冊（臺北：中華書局，1998年1月），頁3119。

（五）張祥河〈論詞絕句〉第五首云：

嫩柳輕雲句可人，沈香舞袖蟬花茵。太真自擅阿那曲，豔語清平本不倫。

此詩首二句截取自楊太真〈阿那曲〉詞：「羅袖動香香不已。紅蕖裊裊秋煙裏。輕雲嶺上乍搖風，嫩柳池邊初拂水。」[28] 楊太真，小字玉環，初為玄宗第十八子壽王妃；唐玄宗開元28年（西元740年），詔度為女道士，號「太真」，又旋召入禁中，稱「娘子」；唐玄宗天寶初年，進冊貴妃，寵冠後宮；及安祿山反，隨玄宗西奔四川，馬嵬兵變，縊路旁祠下。[29]楊太真此闋〈阿那曲〉，或題「贈張雲容舞」，張雲容為太真侍兒，善為〈霓裳〉舞；後太真從玄宗幸繡嶺宮時，觀張舞，贈此詞。祥河詩首句之「嫩柳」、「輕雲」，即指楊太真〈阿那曲〉中：「輕

[28] 曾昭岷等《全唐五代詞》〈阿那曲〉「考辨」曰：「此首本絕句，詩始見於《太平廣記》卷六九《張雲容》引《傳記》（按《傳記》即裴鉶《傳奇》，《類說》卷三二即引作《傳奇》），原為女鬼張雲容所述，實為《傳奇》作者裴鉶所擬作，而假托楊貴妃之贈詩。《萬首唐人絕句》卷六五信以為實，收作楊貴妃詩，題為《贈張雲容舞》，其後《唐詩紀》（盛唐）卷一一〇、《名媛詩歸》卷一〇、《歷朝名媛詩詞》卷四、《全唐詩》卷六仍之。《古今詞統》卷一則錄作楊貴妃《阿那曲》詞，《全唐詩》卷八九九、《歷代詩餘》卷一、《詞律》卷一、沈雄《古今詞話·詞話》上卷又因之。按唐宋詞籍、樂籍俱無此調，乃明清人所認定。茲入副編並錄歸裴鉶。」下冊，頁1038-1039。

按：本文論述，仍將此詞歸為楊太真所作。

[29] 參見清·張宗橚輯：《詞林紀事》（臺北：鼎文書局，1971年3月），卷1，頁28。

雲嶺上乍搖風，嫩柳池邊初拂水」二句，其以嶺上輕雲與池邊新柳，隨風擺動之舒徐姿態，形容張雲容舞姿之裊娜輕柔、靈巧曼妙；且著一「乍」字及「初」字，使「搖」、「拂」之狀，妙肖畢具，故祥河讚許此二句為「可人」。次句「沈香舞袖嚲花茵」，乃化用太真〈阿那曲〉中：「羅袖動香香不已。紅蕖裊裊秋煙裏」之詞意；舞袖飄香，猶如藏身於花茵之間，侍兒優美之舞姿與花朵四溢之香氣，二者相得，生動俏麗，將舞者體態，盡透神韻。其後第三句云：「太真自擅阿那曲」，楊太真詞僅此一闋，祥河對其填作此詞之才華，予以肯定。清・王士禎匯編《唐詩十集》壬集二十二載：「唐汝詢云：『讀此知明皇寵妃，不獨以色。』」[30]，而俞陛雲《唐詞選釋》則評之曰：「貴妃精音律，故詞取協調，被諸管弦，而句不求工。既言秋烟芙蕖，又言嫩柳初拂，物候亦失序。」[31]然由前述可知，「秋烟」、「芙蕖」、「嫩柳」「初拂」等物象，應是對舞姿之描繪，非實指眼前景物，故祥河對太真詞之理解，與俞氏之觀點，顯有不同之處。最後祥河詩末句云：「豔語清平本不倫」，其中「清平」二字，係指李白所填之三闋〈清平調〉，[32]李白奉詔而作詞，將楊貴妃如花美貌之嬌容，及唐玄宗貪戀聲色之風流，畢現於詞，因

---

[30] 見史雙元編著：《唐五代詞紀事會評》，頁42。

[31] 同前註。

[32] 李白〈清平調〉：「雲想衣裳花想容。春風拂檻露華濃。若非群玉山頭見，會向瑤臺月下逢。」

又：「一枝紅豔露凝香。雲雨巫山枉斷腸。借問漢宮誰得似，可憐飛燕倚新粧。」

又：「名花傾國兩相歡。常得君王帶笑看。解得春風無限恨，沈香亭北倚闌干。」見曾昭岷等編著：《全唐五代詞》上冊，頁14-15。

之祥河謂其為「豔語」；甚至認為李白三闋〈清平調〉詞，雖為「絕唱」，[33]但與太真自擅之〈阿那曲〉——清麗飄灑之韻致，自是不相類。祥河此詩，以歌詠楊太真之才情，體現宮廷后妃中，不同之女子形象，並散發風致可喜之情韻。

二、官婦才女

（一）張祥河〈論詞絕句〉第六首云：

> 遠道難將錦字題，伊川小令語含悽。空房鐙影梧桐暗，腸斷金風范仲妻。

此詩四句，可謂皆出自范仲胤妻〈伊川令〉，其詞云：「西風昨夜穿簾幕。閨院添消索。最是梧桐零落。迤邐秋光過卻。

人情音信難託。魚雁成耽閣。教奴獨自守空房，淚珠與、燈花共落。」[34]范仲胤妻（或作花仲胤妻、范仲允妻），其夫為相州（今河南省安陽縣）錄事，從宦久不歸，乃作〈伊川令〉以寄之，詞題云：「寄外」。祥河詩之首句，即化用范妻詞中「人情音信難託。魚雁成耽閣」二句之意，而謂錦書之所以「難」題，是難在道遠，明顯表現出與夫君相隔兩地之無奈；故僅能將滿懷之相思，寄託予詞，傾訴孤獨幽居之迤邐歲月，祥河謂其為「含

[33] 清・李調元《雨村詞話》卷一曰：「太白詞有『雲想衣裳花想容』，已成絕唱。」收入唐圭璋編：《詞話叢編》第2冊，頁1390。

[34] 見唐圭璋編：《全宋詞》第2冊，頁1043。（按：唐圭璋《全宋詞》，此闋作者題為：「花仲胤妻」。）

悽」之語。然范妻此詞卻衍生出一段風雅趣事，清・葉申薌《本事詞》卷上曰：

> 范仲允（按：一作范仲胤或花仲胤）為相州錄事，久不歸。其妻寄以〈伊州令〉（按：即〈伊川令〉）云：「西風昨夜穿簾幕（下略）。」其妻來書，伊字誤作尹字，范答詞，嘲以「料想伊家不要人」。妻復答以「共伊間別幾多時，身邊少個人兒睡」。此亦閨秀中之慧而辯者也。[35]

足見范氏夫婦二人，恩愛情深，意興相投，然正因彼此之情好意深，益發其相思之悲苦。而後祥河所言之「空房」、「鐙影」、「梧桐」之景象，分別摘自范妻〈伊川令〉：「教奴獨自守空房」、「淚珠與、燈花共落」及「最是梧桐零落」諸句，且著一「暗」字，具體刻劃出思婦寂寞、悲傷、消索之心境。是以昨夜吹來之秋風，穿透的何止是閨院之簾幕，更是穿透心靈之淒冷，終使人為之愁腸寸斷。清・陸昶《歷朝名媛詩詞》卷十一評范妻〈伊川令〉曰：「清澈響快，不作妮妮語，佳。」[36]故祥河詩亦藉此詞，予人真切之感受，替官吏夫人，表達孤寂之苦。

---

[35] 清・葉申薌撰：《本事詞》，收入唐圭璋編：《詞話叢編》第3冊，頁2331-2332。

范所答之詞為〈南鄉子〉：「頓首起情人。即日恭維問好音。接得綵箋詞一首，堪驚。題起詞名恨轉生。　展轉意多情。寄與音書不志誠。不寫伊川題尹字，無心。料想伊家不要人。」見唐圭璋編：《全宋詞》第2冊，頁1043。

范妻復答之詞為〈失調名〉：「奴啟情人勿見罪。閑江小書作尹字。情人不解其中意。問伊間別幾多時。身邊少箇人兒。」同前註。

[36] 清・陸昶編：《歷朝名媛詩詞》，卷11，頁3。

（二）張祥河〈論詞絕句〉第七首云：

海棠開後到而今，羅襪花陰底用尋。請讀雙肩單枕句，閨中孫魏合知音。

此詩首二句襲自鄭文妻〈憶秦娥〉詞：「花深深。一鉤羅襪行花陰。行花陰。閒將柳帶，細結同心。　日邊消息空沉沉。畫眉樓上愁登臨。愁登臨。海棠開後，望到如今。」[37]鄭文妻，孫氏，人稱孫夫人，其夫秀州（今浙江省嘉興縣）人，為肄學太學生，服膺齋上舍，[38]久不歸，作此詞。祥河詩首句先由海棠花開，點出傷春時節，然而日復一日，卻已春過花謝；故次句言，何須於花陰叢中再次尋覓，一切良辰美景皆為虛設，又是一次漫長、傷心、失望之空等。清・葉申薌《本事詞》卷下評鄭文妻〈憶秦娥〉曰：「太學生鄭文，秀州人。其妻孫氏，善詞章，寄鄭平韻〈憶秦娥〉云：『花深深（下略）。』鄭每為人誦之，一時歌樓妓館，咸傳唱焉。」[39]顯見此詞影響極大。接著祥河所

---

[37] 見唐圭璋編：《全宋詞》第5冊，頁3539。
唐圭璋《全宋詞》註曰：「案此首別誤作孫道絢詞，見《歷代詩餘》卷十五。《古杭雜記》云：『人傳以為歐陽修作。』別又誤作黃庭堅詞，見《草堂詩餘雋》卷三。」同前註。

[38] 宋制，定「三舍法」，分太學為上舍、內舍、外舍。初入學者為外舍生；神宗元豐時，每月一私試，每年一公試，補內舍生；隔年一舍試，補上舍生。最後按科舉考試法，分別規定其出身並授予官職。參元・脫脫等撰：《宋史》第11冊（北京：中華書局，1977年11月），卷155-157，頁3603-3692。

[39] 清・葉申薌撰：《本事詞》，收入唐圭璋編：《詞話叢編》第3冊，頁2363。

謂之「雙肩單枕」，係指魏夫人〈繫裙腰〉詞中：「誰念我，就單枕，皺雙眉」[40]句，惟祥河句中之「雙肩」，或為「雙眉」之誤。魏夫人，名玩，字玉汝，襄陽（今湖北省襄樊）人，魏泰之姊，曾布之妻，博涉群書，工詩，封魯國夫人。其夫長期奔波仕途，聚散無常，不免哀怨愁苦，而作此詞；是以當午夜夢迴，孤枕衾寒，不禁雙眉蹙結，黯然神傷，有誰堪憐？清・陳廷焯《白雨齋詞話》卷二曰：「魏夫人詞筆頗有操邁處。」[41]因此祥河言，讀了魏夫人詞後，可知鄭文妻（孫氏）與曾布妻（魏氏），二人乃為「知音」，表示其境遇相同，皆是閨中傷心之人。故祥河詩所欲體現的，為當時社會普遍存在之現象，以及官婦哀訴相思之情狀。

（三）張祥河〈論詞絕句〉第八首云：

> 柳結同心為別離，鏡中人老計尤癡。歸來欲訴還休訴，草草宮妝彼一時。

此詩化用孫夫人〈風中柳〉詞：「銷減芳容，端的為郎煩惱。鬢慵梳、宮妝草草。別離情緒，待歸來都告。怕郎傷、又還休道。　利鎖名韁，幾阻當年歡笑。更那堪、鱗鴻信杳。蟾

[40] 魏夫人〈繫裙腰〉：「燈花耿耿漏遲遲。人別後、夜涼時。西風瀟洒夢初回。誰念我，就單枕，皺雙眉。　錦屏繡幌與秋期。腸欲斷、淚偷垂。月明還到小窗西。我恨你，我憶你，你爭知。」見唐圭璋編：《全宋詞》第1冊，頁269-270。

[41] 清・陳廷焯撰：《白雨齋詞話》，收入唐圭璋編：《詞話叢編》第4冊，頁3819。

枝高折，願從今須早。莫辜負、鳳幃人老。」[42]據唐圭璋《全宋詞》曰：「孫夫人，不知何許人。或以為即孫道絢，或以為鄭文妻，疑俱無所據，今別出。」[43]而本文姑將此位孫夫人，歸入「官婦才女」論之。祥河詩首句，以「別離」二字，明白點出與夫遠隔，無法相聚之處境，惟有將柳條挽作同心結，以示兩心相連，來聊寄相思。鄭文妻〈憶秦娥〉曰：「閒將柳帶，細結同心。」[44]與此句情意相似，是知祥河或以為此位孫夫人即鄭文妻孫氏。清・馮金伯《詞苑萃編》卷之二十四載：「裴按：此孫夫人，即太學服膺齋上舍鄭文妻。」又載錄孫夫人〈風中柳〉詞，末句作：「莫辜負、鏡中人老。」[45]顯然祥河詩次句，應本此襲用，以時光之無情，使青春摧折，但仍深情等待，其癡心可知。最後二句，以閨中思婦，設想夫君歸來之情景；其中「欲訴」二字，是一種期待依戀；而「休訴」二字，則是一種體諒不捨，明明身心備受煎熬，卻甘願獨嘗相思苦果，將痛苦埋藏心底。然彼時宮妝之所以草草，是為夫；而今日不再草草宮妝，亦是為夫，無怪乎祥河要謂其「計尤癡」。孫夫人此〈風中柳〉詞，除與一般官婦之詞，同是表述空閨寂寞之情外，更多一份惦念、企盼與體貼之用心。

---

[42] 見唐圭璋編：《全宋詞》第5冊，頁3538。

[43] 同前註。

[44] 同前註，頁3539。

[45] 清・馮金伯輯：《詞苑萃編》，收入唐圭璋編：《詞話叢編》第3冊，頁2273。

（四）張祥河〈論詞絕句〉第九首云：

> 武陵春遠即天涯，寶枕紗廚感物華。非為悲秋非病酒，西風贏得瘦如花。

此詩第一、三句，襲自李清照〈鳳凰臺上憶吹簫〉（香冷金猊）[46]詞；第二、四句，則化用李清照〈醉花陰〉（薄霧濃雲愁永晝）[47]詞。是以祥河詩首句，即截取李清照〈鳳凰臺上憶吹簫〉中：「念武陵春晚，雲鎖重樓」句，其中「武陵」一語，指晉・陶淵明〈桃花源記〉，武陵漁人發現世外桃源事；或指劉晨、阮肇入天臺山，涉足武陵溪，遇仙女事；而後「武陵」乃多用以代稱離家遠行之人。因此，起句點明題旨，嘆人去春遠，亦悲相隔天涯。次句出自李清照〈醉花陰〉中：「玉枕紗廚，半夜涼初透」句，強調閨中思婦面對孤枕空帳，自感秋夜悲涼，平添無限之離情別緒。其後第三句，祥河又摘自李清照〈鳳凰臺上憶吹簫〉中：「今年瘦，非干病酒，不是悲秋」句，此說今日之

[46] 李清照〈鳳凰臺上憶吹簫〉：「香冷金猊，被翻紅浪，起來人未梳頭。任寶匳閒掩，日上簾鉤。生怕閒愁暗恨，多少事、欲說還休。今年瘦，非干病酒，不是悲秋。　　明朝，這回去也，千萬遍陽關，也即難留。念武陵春晚，雲鎖重樓。記取樓前綠水，應念我、終日凝眸。凝眸處，從今更數，幾段新愁。」見唐圭璋編：《全宋詞》第2冊，頁928。以下引文，不再另註出處。

[47] 李清照〈醉花陰〉：「薄霧濃雲愁永晝。瑞腦消金獸。佳節又重陽，玉枕紗廚，半夜涼初透。　　東籬把酒黃昏後。有暗香盈袖。莫道不消魂，簾捲西風，人似黃花瘦。」見唐圭璋編：《全宋詞》第2冊，頁929。以下引文，不再另註出處。

我，不是「日日花前常病酒，敢辭鏡裏朱顏瘦」，[48]亦非「萬里悲秋常作客，百年多病獨登臺」；[49]只道此恨與風月無關，而未言所為何來？然其意自明，委曲婉轉，含蓄蘊藉。明‧李攀龍《草堂詩餘雋》眉批曰：「非病酒，不悲秋，都為苦別瘦。」[50]是以末句再次引用李清照〈醉花陰〉中：「簾捲西風，人似黃花瘦」之句意，寫佳人有感西風拂面，而愁緒益深；黃花照眼，卻與之共瘦；狀似悲秋，實是傷別。明‧楊慎批點《草堂詩餘》卷一，謂李清照〈醉花陰〉末二句為：「淒語，怨而不怒。」[51]祥河詩以斯人憔悴，道盡深秋之寂寥與閨中之孤獨，含有餘不盡之意。

（五）張祥河絕句第十首，仍是論述李清照詞，詩云：

> 錦書鴈字善言愁，紅藕香殘玉簟秋。愁似藕絲纏不斷，眉頭纔下又心頭。

此詩襲自李清照〈一翦梅〉詞：「紅藕香殘玉簟秋。輕解羅裳，獨上蘭舟。雲中誰寄錦書來，雁字回時，月滿西樓。

48 馮延巳〈鵲踏枝〉（起句：誰道閑情拋擲久）詞。見曾昭岷等編著：《全唐五代詞》上冊，頁650。

49 杜甫撰：〈登高〉，見唐‧杜甫著，清‧楊倫箋注：《杜詩鏡詮》（臺北：華正書局，1986年8月），頁842。

50 見徐北文主編：《李清照全集評注》（濟南：濟南出版社，2005年1月），頁18。

51 見宋‧不著編人，明‧楊慎批點：《草堂詩餘》，收入《叢書集成續編》第205冊（臺北：新文豐出版公司，1989年7月），卷1，頁26。

花自飄零水自流。一種相思，兩處閒愁。此情無計可消除，才下眉頭，卻上心頭。」[52]祥河詩首句之「錦書雁字」，係指詞人因掛念遠行游子，盼望鴻雁傳書，無奈卻是雁字空回，錦書無有，失望落寞之情，不說可知，故祥河謂其「善言愁」。次句則直接摘自李清照詞第一句，以自然界之春去花謝，象徵人事之悲歡離合；以枕席間之觸處生涼，凸顯詞人內心之淒寒惆悵。而後進一步道出，儘管天長水遠，但這相思、閒愁之糾纏，是無盡無期的，因此祥河借「藕絲」之纏連不斷，將「愁思」予以深化。最後則化用李清照詞末二句，謂君不見此思、此怨，於眉頭、心上，不能排遣，更無計迴避。近代學者王培芳曰：「愁在『眉頭』是外，愁在『心頭』是內，愁在外尚可堪，而愁在內則心難任，由外到內，層層遞進，愈轉愈深。」[53]明・王世貞《藝苑卮言》言李清照此詞：「可謂憔悴支離矣。」[54]故祥河詩將此纏繞人心之縷縷愁情，化為深切之思念。因惟有愛之深，才會思之切；思之切，才會愁得苦；而愁得苦，才益顯情癡。

[52] 見唐圭璋編：《全宋詞》第2冊，頁928。
徐北文《李清照全集評注》曰：「元・伊世珍《琅嬛記》載：『易安結縭未久，明誠即負笈遠游。易安殊不忍別，覓錦帕書〈一剪梅〉詞以送之。』若據此，該詞當為李清照年輕時贈給丈夫的送別之詞。但詳詞意僅為懷人之作，無送別之語。《琅嬛記》乃偽托之書，不可據。」頁3。

[53] 見傅庚生、傅光編：《百家唐宋詞新話》（成都：四川文藝出版社，1989年5月），頁292。

[54] 明・王世貞撰：《藝苑卮言》，收入唐圭璋編：《詞話叢編》第1冊，頁389。

肆、結語

女性表達自我心中之情感與人生體驗，或詞家賦詠閨人之感觸情懷，依女性身分與遭遇之不同，所吟詠之內容亦各不相同。經由以上對張祥河〈論詞絕句十首專賦閨人〉之探析，可將其所論述作品之內容特質，歸納為以下幾點：

一、后妃宮人：多為描寫幽居失寵之酸楚。如：南唐宮女、大小周后、侯夫人、閨后陳氏等。

二、官婦才女：多為描寫深閨寂寥之無奈。如：范仲胤妻、鄭文妻、魏夫人、孫夫人及李清照等。

清代之「論詞絕句」，每多摘錄詞家作品入詩，藉著詩意之抒發，表現獨特之評騭觀點。故張祥河之〈論詞絕句〉十首，由李煜至李清照，循序從晚唐五代至北宋時期，勾勒出不同時代女性之面貌；晚唐五代者，多以宮中婦女為主角；北宋者，乃以知書官婦為賦詠對象；而所論詞作，則由男子代詠女性形象，至女性本身自覺之書寫，曲折表現出對各階層婦女之理解與同情。張宏生《清代詞學的建構》曰：

> 自從西蜀、南唐以來，詞的香艷傳統使得它更多地帶有女性化的特點，而詞史上普遍出現的「男子而作閨音」的現象，這說明詞非常適合表現女性的生活及其思想感情。[55]

[55] 張宏生著：《清代詞學的建構》（南京：江蘇古籍出版社，1998年7月），頁164。

是知女性作品，多是抒發本身實際之感受與切身之體驗，能夠引人入勝，甚而可使讀者，體悟詞人蘊含於其中之靈動生命；此為男子作閨音者，所無法領略之境界。因而由於社會環境之改易，女性之文化素質漸次提升，創作意識擡頭，將使文學表現之領域獲得拓展。

【參考文獻】

一、古籍（依作者朝代先後排列）

唐・杜甫著，清・楊倫箋注：《杜詩鏡詮》，臺北：華正書局，1986年。

宋・不著編人，明・楊慎批點：《草堂詩餘》，收入《叢書集成續編》第205冊，臺北：新文豐出版公司，1989年。

元・脫脫等撰：《宋史》（全四十冊），北京：中華書局，1977年。

明・王世貞撰：《藝苑卮言》，收入唐圭璋編：《詞話叢編》第1冊，臺北：新文豐出版公司，1988年。

清・陸昶編：《歷朝名媛詩詞》，清乾隆癸巳吳門陸氏紅樹樓刊本，臺北：國家圖書館。

清・張宗橚輯：《詞林紀事》，臺北：鼎文書局，1971年。

清・萬樹編、清・杜文瀾等校刊：《詞律》（全二冊），臺北：臺灣中華書局，1978年。

清・李調元撰：《雨村詞話》，收入唐圭璋編：《詞話叢編》第2冊，臺北：新文豐出版公司，1988年。

清・馮金伯輯：《詞苑萃編》，收入唐圭璋編：《詞話叢編》第2冊，臺北：新文豐出版公司，1988年。

清・葉申薌撰：《本事詞》，收入唐圭璋編：《詞話叢編》第3冊，臺北：新文豐出版公司，1988年。

清・李佳撰：《左庵詞話》，收入唐圭璋編：《詞話叢編》第4冊，臺北：新文豐出版公司，1988年。

清・陳廷焯撰：《白雨齋詞話》，收入唐圭璋編：《詞話叢編》第4冊，臺北：新文豐出版公司，1988年。

清・張祥河撰：《小重山房詩詞全集》，收入《續修四庫全書》第1513冊，上海：上海古籍出版社，2002年。

二、近人著作（依作者姓氏筆畫排列）

王世禎著：《中國節令習俗》，臺北：星光出版社，1988年。

木齋著：《唐宋詞流變》，北京：京華出版社，1997年。

史雙元編著：《唐五代詞紀事會評》，合肥：黃山書社，1995年。

唐圭璋編：《全宋詞》（全五冊），北京：中華書局，1988年。

徐北文主編：《李清照全集評注》，濟南：濟南出版社，2005年。

張宏生著：《清代詞學的建構》，南京：江蘇古籍出版社，1998年。

傅庚生、傅光編：《百家唐宋詞新話》，成都：四川文藝出版社，1989年。

曾昭岷等編著：《全唐五代詞》（全二冊），北京：中華書局，1999年。

舒紅霞著：《女性審美文化——宋代女性文學研究》，北京：人民出版社，2004年。

趙爾巽等撰：《清史稿》（全四冊），臺北：中華書局，1998年。

懶散道人合編：《白香詞譜箋譜合編》，臺北：廣文書局，1980年。

蘇者聰《宋代女性文學》，武漢：武漢大學出版社，1997年。

清詩論宋代女性詞人探析
——以汪芑、方熊、潘際雲之作品為例

壹、前言

歷代文學之發展、演進，女性之作，往往為人忽視，偶有佳篇，亦僅是曇花一現。個中原因，不外時代環境對女性行為之束縛，及文化禮教對女性思想之箝制。故在創作數量方面，歷代女性之詞作，實無法和男性之作品等量齊觀，然若缺少此部分，則亦難窺中國詞學發展之全貌。鄧紅梅《女性詞史》曰：

> 明代以前的女性詞壇，雖然總體上不夠熱鬧，也已經過了一個由花開到花落的全部過程；而清代的女性詞壇，雖然以晚明的復興為前奏，以前一花期的詞藝積累為背景，所以一開始就比女性詞在上一花期中的開始期準備充分而熱鬧。[1]

據胡文楷《歷代婦女著作考》[2]所彙錄之四千餘家作品中，清代著作即多達三千五百家左右；而葉恭綽《全清詞鈔》[3]所輯

[1] 鄧紅梅著：《女性詞史》（濟南：山東教育出版社，2002年4月），頁27。

[2] 胡文楷編著：《歷代婦女著作考》（上海：上海古籍出版社，1985年7月）。

[3] 葉恭綽編：《全清詞鈔》（臺北：河洛圖書出版社，1975年9月）。

錄之女詞人，則有四百九十餘家；且當時詞壇亦出現諸多專門以選錄女性詞作為主之詞選集或詞集叢編。[4]是知清代之女性詞人及詞作，其數量遠較前代為夥，亦較受詞壇重視。而於此蓬勃發展之基礎上，清代文人乃「以前一花期的詞藝積累為背景」[5]，針對唐宋女性詞作，用絕句或古詩之形式，予以論述、評騭，表達自我獨特之詞學主張，如：張祥河〈論詞絕句十首專賦閨人〉、汪芑「題李清照、朱淑真、吳淑姬、唐琬詞」四首、方熊「題李清照《漱玉詞》、朱淑真《斷腸集》」三首及潘際雲「題李清照《漱玉詞》、題朱淑真《斷腸詞》」二首等。其中張祥河〈論詞絕句十首專賦閨人〉，本人已撰寫專文探討之，[6]故現擬以汪芑、方熊、潘際雲之作品為例，藉由對兩宋女性遭遇、心境之體會，及其詩詞作品之敘述批評，反映清代社會對女性之觀點，並凸顯清代以詩論詞之特質，期能與相關之詞學理論互為印證，建構完整之詞論體系。

---

[4] 清代專門以選錄女性詞作為主之「詞選集」有：清・周銘輯《林下詞選》十四卷、清・歸淑芬等輯《古今名媛百花詩餘》四卷、清・徐樹敏、錢岳輯《眾香詞》六集、清・顧嘉容、金壽人輯《本朝名媛詩餘》四卷等。

清代專門以選錄女性詞作為主之「詞集叢編」有：清・徐乃昌輯《小檀欒室彙刻閨秀詞》十集、清・徐乃昌《閨秀詞鈔》四十四卷、清・瘦鶴詞人輯《三閨媛詞合集》三卷等。

[5] 鄧紅梅著：《女性詞史》，頁27。。

[6] 陶子珍撰：〈清代張祥河「論詞絕句」十首探析〉，《成大中文學報》第15期（2006年12月），頁89-106。

貳、主文

一、汪芑之作

汪芑，生卒年不詳，字燕庭，號茶磨山人，吳縣（今江蘇省吳縣）人；諸生，清穆宗同治間館潘遵祁家。著有《覆瓿詩草》一卷及《茶磨山人詩抄》八卷。[7]

汪芑《茶磨山人詩抄》為清德宗光緒10年（西元1884年）潘祖蔭刻本，現收藏於北京圖書館、上海圖書館、南京圖書館及復旦大學圖書館等處。其中卷四〈題林下詞〉四首，為汪芑針對李清照、朱淑真、吳淑姬及唐琬等宋代女性詞人之評述，茲依詩作內容，探析如次：

第一首論李清照（號易安居士，格非之女，趙明誠妻），詩云：

> 髻慵襪劃黯傷春，守著窗兒只自顰。簾捲西風花比瘦，故應壓倒魏夫人。

此詩首句，襲取自李清照〈浣溪沙〉詞：「髻子傷春慵更梳」[8]句，描寫詞人空閨獨守，致無心打理容顏之黯然與落寞。

[7] 潘遵祁（1808－1892），字覺夫、順之，號西圃，吳縣人。奕雋孫，世璜子。清宣宗道光25年（西元1845年）進士，官國館協修。
以上汪芑、潘遵祁生平資料，參李靈年、楊忠主編：《清人別集總目》（全三冊）（合肥：安徽教育出版社，2001年7月），上卷，頁978；下卷，頁2421。

[8] 李清照〈浣溪沙〉：「髻子傷春慵更梳。晚風庭院落梅初。淡雲來往月

所謂「女為悅己者容」，故汪芑以梳理髮「髻」之「慵」懶及鞋「襪」擺放之「劃」一整齊，凸顯詞人傷春幽怨之情懷。然於此百無聊賴之意緒中，詞人無所適從，唯有「守著窗兒只自矐」矣，由舉止之慵怠，更徒增心境之寂寞；汪芑次句乃出自李清照〈聲聲慢〉詞：「守著窗兒，獨自怎生得黑」[9]句，終日漫漫，孤寂難禁，將何以排遣？對於詞人而言，「試燈」既「無意思」，「踏雪」更「沒心情」，[10]則「不如向、簾兒底下，聽人笑語」。[11]汪芑首二句，以詞人的一舉一動，體現出清照之心情與處境。其後第三句云：「簾捲西風花比瘦」，則摘自李清照〈醉花陰〉詞：「簾捲西風，人似黃花瘦」[12]句，言人似花，而與之比瘦，著一「瘦」字，點出了此種離別相思之折磨，絕非

疏疏。　玉鴨熏鑪閒瑞腦，朱櫻斗帳掩流蘇。通犀還解辟寒無。」見唐圭璋編：《全宋詞》第2冊（北京：中華書局，1988年3月），頁934。

[9] 李清照〈聲聲慢〉：「尋尋覓覓，冷冷清清，悽悽慘慘戚戚。乍暖還寒時候，最難將息。三盃兩盞淡酒，怎敵他、晚來風急。雁過也，正傷心，卻是舊時相識。　滿地黃花堆積，憔悴損，如今有誰忺摘。守著窗兒，獨自怎生得黑。梧桐更兼細雨，到黃昏、點點滴滴。這次第，怎一箇、愁字了得！」同前註，頁932。

[10] 李清照〈臨江仙〉：「庭院深深深幾許，雲窗霧閣常扃。柳梢梅萼漸分明。春歸秣陵樹，人客遠安城。　感月吟風多少事，如今老去無成。誰憐憔悴更彫零。試燈無意思，踏雪沒心情。」同前註，頁929。

[11] 李清照〈永遇樂〉：「落日鎔金，暮雲合璧，人在何處。染柳烟濃。吹梅笛怨，春意知幾許。元宵佳節，融和天氣，次第豈無風雨。來相召、香車寶馬，謝他酒朋詩侶。　中州盛日，閨門多暇，記得偏重三五。鋪翠冠兒，撚金雪柳，簇帶爭濟楚。如今憔悴，風鬟霜鬢，怕見夜間出去。不如向、簾兒底下，聽人笑語。」同前註，頁931。

[12] 李清照〈醉花陰〉：「薄霧濃雲愁永晝。瑞腦消金獸。佳節又重陽，玉枕紗廚，半夜涼初透。　東籬把酒黃昏後。有暗香盈袖。莫道不消魂，簾捲西風，人似黃花瘦。」同前註，頁929。

僅是一朝一夕，人愈瘦而情愈深；明・瞿佑《香臺集》卷下《易安樂府》曰：「九日詞『簾捲西風，人似黃花瘦』，亦婦人所難到。」[13]又清・沈祥龍《論詞隨筆》曰：「……言情貴蘊藉有致，勿浸而淫褻。……黃花比瘦，言情之善者也。」[14]是以汪芑讚其「故應壓倒魏夫人」。魏夫人，名玩，自玉汝，生卒年不詳，約宋仁宗至宋徽宗朝在世，襄陽（今湖北省襄陽縣）人，魏泰（字道輔）姊，曾布（字子宣，謚文肅）妻，博涉群書，工詩，尤擅人倫鑒，累封魯國夫人，有《魏夫人集》。[15]現唐圭璋《全宋詞》錄其詞14闋，[16]內容多為傾訴夫妻聚少離多之哀愁，及心中孤寂相思之悲淒，情感真摯，頗受人稱道。清・王奕清等《歷代詞話》卷六載：

> 魏夫人，曾子宣丞相內子，有〈江城子〉、〈捲珠簾〉諸曲，膾炙人口。其尤雅正者則有〈菩薩蠻〉云：「溪山掩映斜陽裏。樓臺影動鴛鴦起。隔岸兩三家。出牆紅杏花。
>
> 綠楊堤下路。早晚溪邊去。三見柳綿飛。離人猶未歸。」深得《國風・卷耳》之遺。[17]

[13] 此評見錄於吳熊和主編：《唐宋詞匯評・兩宋卷》第2冊（杭州：浙江教育出版社，2004年12月），頁1417。

[14] 清・沈祥龍撰：《論詞隨筆》，收入唐圭璋編：《詞話叢編》第5冊（臺北：新文豐出版公司，1988年2月），頁4057。

[15] 參清・曾燠輯：《江西詩徵》，收入《續修四庫全書》第1689冊（上海：上海古籍出版社，2002年3月），卷85，頁3。

[16] 唐圭璋編：《全宋詞》第1冊，頁267-270。

[17] 清・王奕清等撰：《歷代詞話》，收入唐圭璋編：《詞話叢編》第2冊，頁1211。

蓋有文人將之與李清照並論，清・沈雄《古今詞話・詞話》上卷載：

> 朱晦庵曰：「本朝婦人能詞者，為李易安、魏夫人二人而已。」
> 黄玉林曰：「李易安、魏夫人，使在衣冠之列，當與秦七、黃九爭雄，不徒擅名於閨閣也。」[18]

然另有認為李清照略勝一籌者，清・陳廷焯《白雨齋詞話》卷六載：

> 宋閨秀詞，自以易安為冠。朱子以魏夫人與之並稱。魏夫人祇堪出朱淑真之右，去易安尚遠。[19]

汪芑之主張，顯然與《白雨齋詞話》之看法相同，其詩末句，將清照與魏夫人相較，而以「壓倒」二字，來標舉清照之才華，及對清照作品之肯定，並藉以表達自我對宋代女性詞人之定位。

第二首論朱淑真（號幽棲居士），詩云：

> 柳梢月上約人時，豔思空教放誕疑。留得宛陵斷腸集，漫嗟彩鳳逐鴉嘻。

[18] 清・沈雄撰：《古今詞話》，同前註，第1冊，頁767。
[19] 清・陳廷焯撰：《白雨齋詞話》，同前註，第4冊，頁3910。

汪詩首句係指〈生查子〉詞：「去年元夜時，花市燈如晝。月到柳梢頭，人約黃昏後。　今年元夜時，月與燈依舊。不見去年人，淚滿春衫袖。」[20]此闋作者應為歐陽修，然或有誤為朱淑真者，明・楊慎《詞品》卷之二曰：

> 朱淑真「元夕」〈生查子〉云：「去年元夜時，（詞略）……。」詞則佳矣，豈良人家婦所宜邪。又其〈元夕詩〉云：「火樹銀花觸目紅。極天歌吹暖春風。新懽入手愁忙裏，舊事經心憶夢中。但願暫成人繾綣，不妨長任月朦朧。賞燈那得工夫醉，未必明年此會同。」與其詞意相合，則其行可知矣。[21]

又明・毛晉〈斷腸詞跋〉曰：

> 淑真詩集，膾炙海內久矣。……先輩拈出元夕詩詞，以為白璧微瑕，惜哉。[22]

據此，歷來學者對淑真多有失德之議；後幸有明其事者，為之辨誣。清・永瑢、紀昀等撰《四庫全書總目提要》卷一百九十九《斷腸詞》項下載：

[20] 見唐圭璋編：《全宋詞》第1冊，頁124。
[21] 明・楊慎撰：《詞品》，收入唐圭璋編：《詞話叢編》第1冊，頁451。
[22] 明・毛晉撰：〈斷腸詞跋〉，見吳熊和主編：《唐宋詞匯評・兩宋卷》第2冊，頁1904。

> 楊慎升庵《詞品》載其〈生查子〉一闋，有「月上柳梢頭，人約黃昏後」語，晉跋遂稱為「白璧微瑕」，然此詞今載歐陽修《廬陵集》第一百三十一卷中，不知何以竄入淑真集內，誣以桑濮之行。慎收入《詞品》既為不考，而晉刻《宋名家詞》六十一種，《六一詞》即在其內，乃於《六一詞》漏註：「互見《斷腸詞》」，已自亂其例，於此集更不一置辨，且證實為「白璧微瑕」，蓋鹵莽之甚。今刊此一篇，庶免於厚誣古人，貽九泉之憾焉。[23]

是以汪芑亦為淑真發出不平之鳴，次句乃云：「豔思空教放誕疑」，其以一「空」字，強調淑真豔思之無稽；更以一「疑」字，控訴人們對淑真「失婦德」之詆毀；而認為此皆放誕之說，不足取信。接著汪詩後二句，則針對淑真作品而言，淑真詩詞為後人所輯，於其歿後，方為世人所重視。清・永瑢、紀昀等撰《四庫全書總目提要》卷一百七十四《斷腸集》項下載：

> 淑真，錢塘女子，自號幽棲居士，嫁為市井民妻，不得志以沒。宛陵魏端禮輯其詩為《斷腸集》，即此本也。其詩淺弱，不脫閨閣之習，世以淪落哀之，故得傳於後。[24]

是知現有朱淑真《斷腸集》二卷，為宛陵（今安徽省宣城縣）魏仲恭（字端禮）所輯，使有宋一代女性之作，不致湮沒無

---

[23] 清・永瑢、紀昀等撰：《四庫全書總目提要》第5冊（臺北：臺灣商務印書館，1983年10月），頁315。

[24] 同前註，第4冊，頁631。

聞，可謂厥功甚偉；另淑真尚有《斷腸詞》一卷傳世。蓋其一生婚姻不遂，所適非偶抑鬱寡歡，發而為詩，則多為戀曲哀歌，深閨幽怨之辭，故汪芑謂其：「留得宛陵斷腸集，漫嗟彩鳳逐鴉噎。」汪詩末句用宋・杜大中妾詞，存〈臨江仙〉斷句一則：「彩鳳隨鴉」事，來借喻淑真之遭遇。宋・胡仔《苕溪漁隱叢話・前集》〈麗人雜記〉卷第六十載：

> 《今是堂手錄》云：「杜大中自行伍為將，與物無情，西人呼為杜大蟲，雖妻有過，亦公杖杖之。有愛妾才色俱美，大中牋表，皆此妾所為。一日，大中方寢，妾至，見几間有紙筆頗佳，因書一闋寄〈臨江仙〉，有『彩鳳隨鴉』之語，大中覺而視之，云：『鴉且打鳳。』於是掌其面，至項折而斃。」[25]

杜大中妾作詞以「彩鳳隨鴉」，比喻自己嫁給武夫杜大中；同樣的，淑真之夫亦為一粗鄙淺陋之人，故其不免於詩詞中，流露自傷之情，而有「彩鳳逐鴉」之嗟嘆。汪芑顯然對淑真這樣一位才貌雙全之女子，滿懷憐憫與不捨，而以一首七絕，寄託惋惜之情。

第三首論吳淑姬，詩云：

> 白雪陽春枉擅名，愁多難著小心情。玉簪墜地緣重續，至竟韋皋不再生。

[25] 宋・胡仔撰：《苕溪漁隱叢話・前集》（臺北：木鐸出版社，1982年8月），頁417-418。

吳淑姬，據元・林坤《誠齋雜記》載，或以為北宋汾陰（今山西省榮河縣）女子；[26]而據宋・洪邁《夷堅支志》載，則或以為南宋湖州（今浙江省吳興縣）女子；[27]然唐圭璋《全宋詞》[28]及吳熊和《唐宋詞彙評》[29]則認為，名吳淑姬者，應有二人；南宋・黃昇（字叔暘，號玉林，又號花菴詞客）《唐宋諸賢絕妙詞選》卷十所錄之吳淑姬，有詞三闋：〈小重山〉（謝了荼蘼春事

[26] 元・林坤輯《誠齋雜記》卷上載：「汾陰女子吳淑姬，未嫁夫亡。未亡時，晨興靧面，玉簪墜地而折。已而夫亡，其父以其少年，欲嫁之。女誓曰：『玉簪重合則嫁！』居久之，見士子楊子治詩，諷而悅之，使侍兒用計，覓得一卷。心動，欲與之合，啟奩視之，簪已合矣。遂以寄子治，結為夫婦焉。後嫁子治，優于內治，里中稱之。子治仕至蘭陵太守。」收入《叢書集成新編》第82冊（臺北：新文豐出版公司，1985年1月），頁618。

[27] 宋・洪邁撰《夷堅志・支志庚》卷第十載：「湖州吳秀才女，慧而能詩詞，貌美家貧，為富民子所據。或投郡訴其奸淫。王龜齡為太守，逮係司理獄。既伏罪，且受徒刑。郡僚相與詣理院觀之。仍具酒，引使至席，風格傾一座。遂命脫枷侍飲，諭之曰：『知汝能長短句，宜以一章自咏。當宛轉白待制，為汝解脫。不然危矣！』女即請題。時冬末雪消，春日且至，命道此景作〈長相思令〉。捉筆立成，曰：『烟霏霏，雨霏霏。雪向梅花枝上堆，春從何處回？　醉眼開，睡眼開。疏影橫斜安在哉？從教塞管催。』諸客賞嘆，為之盡歡。明日，以告王公，言其冤。王淳直不疑人欺，亟使釋放。其後無人肯禮娶。周介卿石之子買以為妾，名曰淑姬。」收入《傳世藏書・子庫・小說》第1冊（北京：海南國際新聞出版中心，1996年8月），頁483。

[28] 唐圭璋《全宋詞》於吳淑姬詞後註曰：「本書初版卷二百九十引《夷堅支志》庚十誤以南宋之吳淑姬〈長相思〉『煙霏霏，雪霏霏』一首為此（北宋）吳淑姬作。」第2冊，頁1041。

[29] 吳熊和主編《唐宋詞彙評・兩宋卷》載：「吳淑姬，生平不詳。《唐宋諸賢絕妙詞選》卷十錄其詞三首，當為北宋人。另有《夷堅支志》卷十作〈長相思令〉（烟霏霏）之吳淑姬為南宋人。」頁1565。

休）、〈惜分飛〉（岸柳依依拖金縷）、〈祝英臺近〉（粉痕消），[30]當為北宋人；另《夷堅支志》卷十作〈長相思令〉（烟霏霏）之吳淑姬，則為南宋人。[31]蓋汪芑此詩所述，由文句字義窺探，顯然係指北宋之吳淑姬，[32]而首句即論其作品：「白雪陽春枉擅名」，吳淑姬原有詞五卷，名《陽春白雪》，南宋・黃昇讚之曰：「女流中黠慧者」、「佳處不減李易安」，[33]但汪芑卻謂之「枉擅名」，此或因吳淑姬詞集今已散佚，僅存數闋，後人無由見其精擅之處，致空有虛名，不免令人惋惜；另汪芑或為次句鋪陳，謂其縱有生花妙筆，亦難化解心中千般愁苦於萬一。故次句則顯然襲取自吳淑姬〈小重山〉（謝了荼蘼春事休）：「心兒小，難著許多愁」[34]句，這許多的「愁」，來自詞人深閨相思之惆悵與無從排遣之孤寂，而愁之「多」與心之「小」，形成強烈之對比與落差，使人之心情益覺沉重而難以承受。清・張宗橚《詞林紀事》於吳淑姬〈小重山〉（謝了荼蘼春事休）詞後

[30] 南宋・黃昇《唐宋諸賢絕妙詞選》，收入明・毛晉編：《詞苑英華》（明末思宗崇禎間虞山毛氏汲古閣刊本，臺北：國家圖書館），卷10，頁6-7。

[31] 宋・洪邁撰《夷堅志・支志庚》，收入《傳世藏書・子庫・小說》第1冊，頁483。

[32] 關於吳淑姬所屬之朝代，除上述者外，另有一說。鄧紅梅《女性詞史》曰：「筆者則認為所謂『兩個』實是一個女詞人吳淑姬的"分裂"，……則所謂兩個吳淑姬都為湖州吳淑姬，她應是南北宋間人。」頁137。

[33] 南宋・黃昇《唐宋諸賢絕妙詞選》，收入明・毛晉編：《詞苑英華》，卷10，頁6。

[34] 吳淑姬〈小重山〉：「謝了荼蘼春事休。無多花片子，綴枝頭。庭槐影碎被風揉。鶯雖老，聲尚帶嬌羞。　獨自倚妝樓。一川烟草浪，襯雲浮。不如歸去下簾鉤。心兒小，難著許多愁。」見唐圭璋編：《全宋詞》第2冊，頁1041。

載：「嚴次山云：如怨如訴，誦之有難以為情者，匪直深於意態也。」[35]嚴次山道出了吳淑姬詞於內容上之情深意長，和形式上之溫柔委婉。惟淑姬心中之相思孤寂，實與其遭遇有關；據聞淑姬未嫁時，一日玉簪墜地而折，已而夫亡，父欲令其再嫁，誓曰：「玉簪重合則嫁」，後見一士子，憐其才心動，啟奩視之，簪已合矣，遂嫁之。[36]汪詩第三句，應本此襲用。而接著末句則又引用唐西川節度使韋皋與侍女玉簫事，韋皋與玉簫將別之時，言約：「少則五載，多則七年，娶之。」屆時韋皋未至，玉簫絕食而殞，韋皋聞之，徒留悲嘆，後十三年，玉簫托生，再為侍妾。[37]是知汪芑對於淑姬之前緣得以再續，感到慶幸與安慰，畢

[35] 清・張宗橚撰：《詞林紀事》（臺北：鼎文書局，1971年3月），卷19，頁503。

[36] 詳參元・林坤輯：《誠齋雜記》，收入《叢書集成新編》第82冊，卷上，頁618。

[37] 唐・范攄撰：《雲溪友議》卷第三載：「西州韋相公皐，昔遊江夏，止於姜使君之館。姜氏孺子曰荊寶，……荊寶有小青衣，曰玉簫，年纔十歲，常令祗侍於韋兄。玉簫亦勤於應奉。……玉簫年稍長大，因而有情。時廉使陳常侍，得韋君季父書云：『姪皐久客貴州，切望發遣歸覲。』……昏暝拭淚，乃裁書以別荊寶。……寶命青衣往從侍之。韋以曠覲日久，不敢偕行，乃固辭之。遂為言約，少則五載，多則七年，取玉簫。因留玉指環一枚，并詩一首遺之。暨五年，既不至，玉簫乃默禱於鸚鵡洲。又逾二年，洎八年春，玉簫嘆曰：『韋家郎君，一別七年，是不來矣。』遂絕食而殞。姜氏愍其節操，以玉指環著於中指而同殯焉。……韋公聞之，益增悽嘆，廣脩經像，以報夙心；且想念之懷，無由再會。時有祖山人者，有少翁之術，能令逝者相親，但令府公齋戒七日。清夜玉簫果至，謝曰：『承僕射寫經供佛之力，旬日便當托生。卻後十三年，再為侍妾，以謝鴻恩。』……後韋以隴右之功，終德宗之代，理蜀不替。……因作生日，節鎮所賀，皆貢珍奇；獨東川盧八座，送一歌姬，未當破瓜之年，亦以玉簫為號。觀之，乃真姜氏之玉簫也。而中指有肉環隱出，不異留別之玉環也。京兆公曰：『吾乃知存殁之

竟像韋皋得以隔世重見玉人者，乃絕世僅有。汪芑對閨中女子堅守品德之節操，及對婚姻執著不悔之態度，有著深刻之感動，並予以真切之關懷。

第四首論唐氏（唐琬），詩云：

> 郎非薄倖妾情深，釵鳳分飛鑒此心。惆悵紅酥手一曲，相如翻作白頭吟。

此詩首二句，係指南宋詞人陸游（字務觀，號放翁）與其妻唐琬，被迫離異之事，清・沈雄《古今詞話・詞辨》下卷載：

> 《樂府紀聞》曰：陸放翁初娶唐氏，伉儷相得，弗獲於姑。陸出之，未忍絕，為別館住焉。姑知而掩之，遂絕。後改適趙士程，春遊相遇於禹迹寺之沈園。唐與其夫為致酒，放翁悵悵，賦此〈釵頭鳳〉云：「紅酥手，黄藤酒。滿城春色宮牆柳。東風惡。歡情薄。一懷愁緒，幾年離索。錯錯錯。　春如舊。人空瘦。淚痕紅浥鮫綃透。桃花落。閒池閣。山盟雖在，錦書難託。莫莫莫。」[38]

分，一往一來。玉簫之言，斯可驗矣。』」收入《叢書集成新編》第86冊，頁118-119。

[38] 清・沈雄撰：《古今詞話》，收入唐圭璋編：《詞話叢編》第1冊，頁926。前哲時賢多以為陸游與唐琬是姑表關係，然楊鍾賢、張燕謹於賞析陸游〈釵頭鳳〉（紅酥手）詞之「附記」，對此問題有清楚之說明，其認為：並非陸游和唐琬為姑表關係，而是趙士程與陸氏有姻婭關係。詳參夏承燾等撰：《宋詞鑒賞辭典》上冊（上海：上海辭書出版社，2005年6月），頁1075-1076。

陸游、唐琬兩人之分離，即如汪詩所言，非郎之「薄倖」，亦非妾之「無情」，實乃迫於游母強令休妻之無奈，致使夫妻仳離；惟二人雖難以廝守，然兩情不移，此心可鑒。汪詩第三句以「惆悵紅酥手一曲」，點出陸游所作之〈釵頭鳳〉，此詞為陸游、唐琬二人於解褵後，一日相遇於沈園，而那時陸游已另娶，唐琬亦改適他人，再次相見，人事已非，陸游百感交集，遂留書於壁。毛子晉評此詞曰：「放翁詠〈釵頭鳳〉一事，孝義兼摯，更有一種啼笑不敢之情，於筆墨之外，令人不能讀竟。」[39]後唐琬見此詞而和之，詞云：「世情薄。人情惡。雨送黃昏花易落。曉風乾。淚痕殘。欲箋心事，獨語斜闌。難難難。 人成各。今非昨。病魂嘗似秋千索。角聲寒。夜闌珊。怕人尋問，咽淚裝歡。瞞瞞瞞。」[40]未幾，不勝悲慨，抑鬱而卒。夫一曲「紅酥手」，令人為之黯然魂銷。汪詩末句，更借用司馬相如與卓文君事，表達女子純真、強烈之感情，據漢・劉歆《西京雜記》卷上載：

> 相如將聘茂陵人女為妾，卓文君作〈白頭吟〉自絕。相如乃止。[41]

卓氏於〈白頭吟〉[42]詩中，除發洩心中「聞君有兩意」之悲

---

[39] 清・張宗橚撰：《詞林紀事》，卷11，頁311。

[40] 見唐圭璋編：《全宋詞》第3冊，頁1602。

[41] 漢・劉歆撰：《西京雜記》，收入《叢書集成新編》第112冊，頁79。

[42] 卓文君〈白頭吟〉：「皚如山上雪，皎若雲間月。聞君有兩意，故來相決絕。今日斗酒會，明日溝水頭，躞蹀御溝上，溝水東西流。淒淒復淒淒，嫁娶不須啼，願得一心人，白頭不相離。竹竿何嫋嫋，魚尾何簁簁！男兒重意氣，何用錢刀為！」見清・沈德潛選，王蒓父箋註：《古

憤與失望外，更陳述女子心中之想望——「願得一心人。白頭不相離。」並謂男子本應以情感、義氣為重，而使司馬相如慚愧難當；故汪詩以「翻作」二字，強調相如在看了這首「相決絕」之〈白頭吟〉後，反斷了納妾之念。汪芑此詩，藉由唐琬之香消玉殞及文君之悲憤自絕，體現女子對愛情之堅貞與情感之執著，此種至死不渝之深情，留得後人千古讚頌，令人動容。

二、方熊之作

方熊，生於清高宗乾隆44年（西元1779年）卒於清文宗咸豐10年（西元1860年）年七十又二。字子漁，常熟（今江蘇省常熟縣）人，清仁宗嘉慶24年（西元1819年）舉人。著有《繡屏風館文集》四卷、《別集》一卷、《詩集》十卷，為清宣宗道光18年（西元1838年）刊本，現收藏於南京圖書館及廣東中山圖書館。[43]其中方熊《繡屏風館詩集》卷四有〈題李清照《漱玉集》、朱淑真《斷腸集》〉詩三首，茲析論如次：

第一首論李清照，詩云：

> 金石摩娑語笑親，歸來堂上絕纖塵。深秋一曲聲聲慢，不見當年□茗人。

詩源箋注》（臺北：華正書局，1990年9月），卷1，頁71。
〈白頭吟〉是否為卓文君所作，學者有不同之見解。趙其鈞於賞析〈白頭吟〉中提到：自《西京雜記》後，不少人便把這首詩的作者歸之於卓文君，但是這個說法並不可靠，今多將其列入漢代樂府民歌之中。詳參賀新輝主編：《古詩鑒賞辭典》（北京：中國婦女出版社，1988年12月），頁240。

[43] 參李靈年、楊忠主編：《清人別集總目》上卷，頁226-227。

此詩首二句，為敘述清照婚後之生活，其夫趙明誠性喜金石，兩人志趣相投，夫唱婦隨。李清照於〈金石錄後序〉嘗言：

> 每獲一書，即同共校勘，整集簽題。得書、畫、彝、鼎，亦摩玩舒卷，指摘疵病，夜盡一燭為率。故能紙札精致，字畫完整，冠諸收書家。余性偶強記，每飯罷，坐歸來堂，烹茶，指堆積書史，言某事在某書、某卷、第幾頁、第幾行，以中否角勝負，為飲茶先後。中即舉杯大笑，至茶傾覆懷中，反不得飲而起，甘心老是鄉矣。故雖處憂患困窮，而志不屈。[44]

是知清照夫婦常相對咀嚼賞玩鐘鼎彝器及碑碣石刻，一句「語笑親」，可見兩人樂在其中，並「自謂葛天氏之民也」[45]，而歸來堂上之所以「絕纖塵」，係指夫婦兩以猜書、飲茶為戲，致書不染塵；亦指婚姻生活之美好，兩心契合，已超脫俗世之情，令人陶醉。但接著第三句，方熊則以「深秋一曲聲聲慢」，將整個情境為之逆轉，使原本甜蜜之歡愉，變成悲悽之惆悵。李清照〈聲聲慢〉一詞：「尋尋覓覓，冷冷清清，悽悽慘慘戚戚。」[46]以十四個疊字，表現其內心之淒涼及處境之痛苦，然讓清照遍尋不著者，何也？方詩末句作了回答——「不見當年□茗人」，此句雖有闕漏，然仍可推知其意；而此人不是別人，即是

---

[44] 宋・李清照撰：〈金石錄後序〉，見徐北文主編：《李清照全集評註》（濟南：濟南出版社，2005年1月），頁209。

[45] 同前註。

[46] 見唐圭璋編：《全宋詞》第2冊，頁932。

當年在歸來堂上與自己猜書、品茗之人——夫君趙明誠。方詩末句與第二句相互呼應，將詞人前後心情之改易，予以明顯之對比。另於方熊詩中體現出一個重點，即趙明誠之去世，給予清照莫大之打擊，而此亦為致使清照人生悲苦之重要原因。由此反映出在以男權為中心之封建社會，婚姻不僅牽繫著女子之命運，更是影響其一生幸福與否之重大關鍵。

第二首論朱淑真，詩云：

> 人間鴉鳳本非倫，閣淚拋書怨句新。寬盡帶圍愁不解，一生刻意為傷春。

此詩開頭以「鴉」、「鳳」二者對舉，謂淑真以靈秀聰慧之才，卻匹偶非倫，滿腹愁悶，惟有含淚寄情於詩詞。宋・魏仲恭〈朱淑真詩集序〉曰：

> （朱淑真）早歲不幸，父母失審，不能擇伉儷，乃嫁為市井民家妻。一生抑鬱不得志，故詩中多有憂愁怨恨之語。每臨風對月，觸目傷懷，皆寓於詩，以寫其胸中不平之氣，竟無知音，悒悒抱恨而終。自古佳人多命薄，豈止顏色如花命如葉耶。觀其詩，想其人。風韻如此而下配一庸夫，固負此生矣。[47]

淑真對自己之婚姻極度不滿，形諸詩詞，故多「怨句」，朱

[47] 宋・魏仲恭撰：〈朱淑真詩集序〉，見吳熊和主編：《唐宋詞匯評・兩宋卷》第2冊，頁1903。

淑真〈傷春〉詩云：「閣淚抛詩卷，無聊酒獨親。客情方惜別，心事已傷春。柳暗輕籠日，花飛半掩塵。鶯聲驚蝶夢，喚起舊愁新。」[48]而方熊標之以「新」字，是指其「句新」、「愁新」，更是對淑真才華不同於流俗之讚許。清・沈濤《瑟榭叢談》卷下曰：「《斷腸》一集，特以兒女纏綿寫其幽怨。」[49]然而這樣之不幸與折磨，即使「寬盡帶圍」，消瘦憔悴，愁亦不解。淑真有〈問春古律〉一詩：「粉淚洗乾清瘦面，帶圍寬盡小腰身。」[50]及〈春陰古律二首〉其二：「陡覺湘裙剩帶圍，情懷常是被春欺。」[51]方熊化用其意，以消瘦之劇，極言淑真愁苦之深。而末句則以「傷春」一語，慨嘆淑真年華之虛度。清・沈雄《古今詞話・詞評》上卷載：「《女紅志餘》曰：錢塘朱淑真自以所適非偶，詞多幽怨。每到春時下幃趺坐。人詢之，則云：『我不忍見春光也。』」[52]故在封建禮教之束縛下，女子縱有道不盡之委屈，訴不完之辛酸，然始終都無法擺脫傳統婚姻之制約，因而惟有「刻意傷春」一途，詞人以無奈之心情，在現實環境之社會壓力中，苦苦掙扎。

[48] 宋・鄭元佐注，冀勤輯校：《朱淑真集注》（杭州：浙江古籍出版社，1992年8月），前集卷一，頁11。

[49] 清・沈濤撰：《瑟榭叢談》，見吳熊和主編：《唐宋詞匯評・兩宋卷》第2冊，頁1909。

[50] 朱淑真〈問春古律〉：「春到休論舊日情，風光還是一番新。鶯花有恨偏供我，桃李無言只惱人。粉淚洗乾清瘦面，帶圍寬盡小腰身。東君負我春三月，我負東君三月春。」見宋・鄭元佐注，冀勤輯校：《朱淑真集注》，前集卷一，頁9。

[51] 朱淑真〈春陰古律二首〉其二：「陡覺湘裙剩帶圍，情懷常是被春欺。半檐落日飛花後，一陣輕寒微雨時。幽谷想應鶯出晚，舊巢應怪燕歸遲。間關幾許傷情處，悒悒柔情不自持。」同前註。

[52] 清・沈雄撰：《古今詞話》，收入唐圭璋編：《詞話叢編》第1冊，頁993。

第三首李清照、朱淑真合論，詩云：

> 桑榆暮景投綦啟，人約黃昏元夜詞。似此沉冤難盡雪，生才不幸是蛾眉。

方熊詩第一句，係指李清照所寫之〈投翰林學士綦崇禮啟〉[53]，此封為答謝綦崇禮之援助而免受刑役之書信，然他人卻據以為清照改嫁之證，而謗其失節。第二句，則是指世人將〈生查子〉詞：「月到柳梢頭，人約黃昏後。」[54]誤為朱淑真所作，而有敗德之譏。方熊認為清照、淑真之事，皆為「沉冤」，其於《繡屏風館詩集》卷六〈題李清照《漱玉集》、朱淑真《斷腸集》〉詩三首之〈序文〉曰：「《雲麓漫抄》載清照〈投綦處厚啟〉，語甚不經，幾令後人疑清照晚節不終。後見陳雲伯《頤道堂集》有〈題查伯葵〈易安論〉後〉云：『談娘善訴語何誣，卓女琴心事本無。賴有琵琶查十八，清商一語慰羅敷。』又楊升庵《詞品》載淑真〈生查子〉一闋有『月上柳梢頭，人約黃昏後』之句，遂令後人疑淑真為佚女。不知此詞是歐公所作，見《盧陵集》。後見潘人龍《清芬堂集》有題句云：『幽棲一卷斷腸詞，家世文公擅淑姿。誰把廬陵真本誤，柳梢月上約人時。』前謗皆謂一雪。因閱二家詞為并志之。」[55]方熊以談娘之能言善道語多不實，而卓文君之情奔相如本無其事，及幸賴明代著名之琵琶藝

---

[53] 見徐北文主編：《李清照全集評註》，頁229。

[54] 見唐圭璋編：《全宋詞》第1冊，頁124。

[55] 見王偉勇著：《清代論詞絕句初編》（臺北：里仁書局，2010年9月），頁189-190。

人查十八，以一曲〈陌上桑〉為羅敷明志，來表達清照所蒙受之污衊，亦強調〈生查子〉一詞為楊慎失察，誤入淑真集中。是以兩人不僅飽受冤屈，且此等事件，顯然由宋至清，謠言不斷，歷代雖有學者為之辨誣，但仍「難盡雪」。[56]最後以「反語」，謂女子之不幸，是因其擁有絕世之才華所致，倘若清照、淑真無才，即能符合社會對「女子無才便是德」之要求，那麼這一切之不幸，或許不會發生；方能愛才、惜才之不忍心情，充塞於字裏行間。無怪淑真亦要為己身所遭受之不公平待遇，提出嚴重抗議，其〈自責〉詩曰：「女子弄文誠可罪，那堪咏月更吟風。磨穿鐵硯成何事，繡折金針卻有功。」[57]

三、潘際雲之作

潘際雲，生於清高宗乾隆28年（西元1763年），卒年不詳，字人龍，號春洲，溧陽（今江蘇省溧陽縣）人。清仁宗嘉慶10年（西元1805年）進士，官霍山（今安徽省霍山縣）、靈壁（今安徽省靈壁縣）。[58]，著有《清芬堂集》十六卷，清仁宗嘉慶20年

[56] 李清照事為之辨誣者，有明・徐𤊹《徐氏筆精》卷七曰：「李易安，趙明誠之妻也。《漁隱叢話》云：『趙無嗣，李又更嫁非類。』且曰其〈啟〉曰：『猥以桑榆之晚景，配茲駔儈之下才。』殊謬妄不足信……李五十有二，老矣。清獻公之婦，郡守之妻，必無更嫁之理。今各書所載〈金石錄序〉皆非全文，惟余家所藏舊本〈序〉語全載。更嫁之說，不知起於何人，太誣賢媛也！」（見宋・李清照著，徐培均箋注：《李清照集箋注》，上海：上海古籍出版社，2005年5月，頁295。）此為時代較早而內容亦較完整之說。
朱淑真事為之辨誣者，有清・永瑢、紀昀等撰《四庫全書總目提要》第5冊，頁315。

[57] 宋・鄭元佐注，冀勤輯校：《朱淑真集注》，前集卷十，頁118。

[58] 參李靈年、楊忠主編：《清人別集總目》下卷，頁2412。

（西元1815年）刊本，及《清芬堂續集》六卷，清宣宗道光6年（西元1826年）刊本；現收藏於臺北：國立臺灣大學圖書館。而潘際雲於《清芬堂集》卷四中，載錄其〈題李清照漱玉詞〉與〈題朱淑真斷腸詞〉詩二首，茲析論於下：

第一首〈題李清照漱玉詞〉，詩云：

> 易安閨中彥，文采超群英。一卷漱玉詞，皎如珠光瑩。名父李格非，賢夫趙明誠。鴻編金石富，瘦影梅花清。夫子仕數郡，澹泊無俗營。首屏金翠飾，耳厭笙歌聲。洎年四十九，池陽偕歸耕。其時所天殞，蕭然白髮生。流離溫台衢，事跡昭然明。厥後又四年，乃跋金石成。匪值桑榆景，益勵冰雪情。齊姜年就木，杞妻哭崩城。如何好事者，妄欲誣令名。綦書與李錄，毋乃語不經。德州辨其冤，闡幽炳日星。

此為一首五言古詩，共三十句，一百五十字，故擬就其所訴內容，分段論之：

（一）家世生平

> 「易安閨中彥，文采超群英。一卷漱玉詞，皎如珠光瑩。名父李格非，賢夫趙明誠。」

李清照，生於宋神宗元豐7年（西元1084年），號易安居士，濟南人。此段開頭，潘際雲即對李清照之淵博學識與出眾才華，予以讚許。清照有《漱玉詞》存於世，唐圭璋《全宋詞》輯得四十八闋（除失調名外），千古傳誦。清・李調元《雨村詞話》卷三曰：「易安在宋諸媛中，自卓然一家，不在秦七、黃九之下。詞無一首不工。其鍊處可奪夢窗之席，其麗處真參片玉之班。蓋不徒俯視巾幗，直欲壓倒鬚眉。」[59]是以潘際雲推崇其詞「皎如珠光瑩」。清照之父李格非，宋神宗熙寧9年（西元1076年）進士，曾任禮部員外郎，頗有文名。清照年十八（宋徽宗建中靖國辛巳（元年，西元1101年）），嫁諸臣趙挺之子明誠為妻，時趙明誠猶在太學讀書。宋・王灼《碧雞漫志》卷二曰：「易安居士，京東路提刑李格非文叔之女，建康守趙明誠德甫之妻。自少年便有詩名，才力華贍，逼近前輩，在士大夫中已不多得。若本朝婦人，當推詞集第一。」[60]「名父」、「賢夫」，良好而又令人稱羨之家庭背景，使其年少生活繁華多姿。

（二）性情喜好

> 「鴻編金石富，瘦影梅花清。夫子仕數郡，澹泊無俗營。首屏金翠飾，耳厭笙歌聲。」

李清照夫婦，尤好收藏歷代金石書畫，不惜質衣典物，並共同編著《金石錄》，全書共三十卷，故蒐羅之富，潘際雲謂之為「鴻編」。而清照曾借梅花言志，有〈漁家傲〉詞云：「雪裏已

---

[59] 清・李調元撰：《雨村詞話》，收入唐圭璋編：《詞話叢編》第2冊，頁1431。

[60] 宋・王灼撰：《碧雞漫志》，同前註，第1冊，頁88。

知春信至。寒梅點綴瓊枝膩。香臉半開嬌旖旎。當庭際。玉人浴出新妝洗。　造化可能偏有意。故教明月玲瓏地。共賞金尊沉綠蟻。莫辭醉。此花不與群花比。」[61]清照以詠梅歌頌自己之婚姻與愛情，於「清」、「瘦」之中，自有韻致。徽宗崇寧初，明誠出仕，便有飯蔬衣練，但「趙、李族寒，素貧儉」，[62]二人生活仍十分澹泊樸實。李清照〈金石錄後序〉曰：「食去重肉，衣去重采，首無明珠、翠羽之飾，室無塗金、刺繡之具。……樂在聲色狗馬之上。」[63]是以潘際雲用「屏」、「厭」二字，體現出清照適情、適意之生活。

（三）遭遇變故

> 「洎年四十九，池陽偕歸耕。其時所夭殞，蕭然白髮生。流離溫台衢，事跡昭然明。」

宋高宗建炎元年（西元1127年），趙明誠奔母喪南下，赴江寧（今江蘇省江寧縣）。建炎3年（西元1129年），清照與明誠具舟上蕪湖（今安徽省蕪湖縣），入姑蘇（今安徽省當塗縣），將卜居贛水（今江西省之贛江）上，後又至池陽（今安徽省貴池縣）暫安家；此時明誠奉旨知湖州（今浙江省吳興縣或曰湖州市），奔馳行在（建康），途中感疾，病在膏肓，未幾病逝，年

[61] 見唐圭璋編：《全宋詞》第2冊，頁926。

[62] 宋・李清照撰：〈金石錄後序〉，見徐北文主編：《李清照全集評註》，頁209。

[63] 同前註，頁209-210。

四十九。明誠忽為天殞，予清照精神上莫大之打擊，致白髮皤皤，悲悽蕭然，李清照〈清平樂〉云：「今年海角天涯，蕭蕭兩鬢生華。」[64]。同年金兵南侵，清照貧病無依，惟有投靠其弟李迒，流離於臺（金浙江省臨海縣）、剡（今浙江省嵊縣）、睦（今浙江省建德縣）、黃巖（今浙江省黃巖縣）、溫（今浙江省永嘉縣）、越（今浙江省紹興縣）、衢（今浙江省衢縣）、杭（今浙江省杭縣）等地，皆可考之；[65]故潘際雲謂其「事跡昭然明」。

（四）銜悲明志

> 「厥後又四年，乃跋金石成。匪值桑榆景，益勵冰雪情。齊姜年就木，杞妻哭崩城。」

趙明誠死後四年，宋高宗紹興4年（西元1134年），李清照年五十一，作〈金石錄後序〉，[66]篇中睹物懷人，寫出自己人生

---

[64] 李清照〈清平樂〉：「年年雪裏。常插梅花醉。挼盡梅花無好意。贏得滿衣清淚。　　今年海角天涯。蕭蕭兩鬢生華。看取晚來風勢，故應難看梅花。」見唐圭璋編：《全宋詞》第2冊，頁926。

[65] 以上參〈李清照年表（簡編）〉，見徐北文主編：《李清照全集評注》，頁423-424；蘇者聰著：《宋代女性文學》（武漢：武漢大學出版社，1997年11月），頁102；任日鎬著：《宋代女詞人評述》（臺北：臺灣商務印書館，2001年5月），頁26。

[66] 徐北文《李清照全集評註‧李清照年表（簡編）》載：「按：清照〈後序〉作年，各本《金石錄》多作『紹興二年』，宋洪邁《容齋四筆》卷五云：『時紹興四年也，易安年五十二矣。』依〈後序〉所云：『余自少陸機作賦之二年，至過蘧瑗知非之兩歲，三十四年之間，憂患得失，何其多也』推之，作於紹興四年說較為合理。另《說郛》載《瑞桂堂暇錄》本〈金石錄後序〉亦署『紹興四年』。」頁425-426。

之經歷，也反映出時代之動亂。清照因遭逢喪夫與亡國，以致他鄉飄泊，孤苦伶仃；但仍自勵堅貞，保持桑榆晚節，不渝冰雪之情。李清照〈祭趙湖州文〉曰：「白日正中，嘆龐翁之機捷。堅城自墮，憐杞婦之悲深。」[67]此為憐人，更是自憐，故潘際雲謂清照好比「杞妻哭崩城」，用杞梁妻哭夫之故實，[68]強調清照對明誠之英年早逝，有無限之遺憾與深切之哀痛。

（五）晚年遭謗

「如何好事者，妄欲誣令名。綦書與李錄，毋乃語不經。德州辨其冤，闡幽炳日星。」

潘際雲認為，清照於晚年，有好事者欲詆毀之，編造其改嫁張汝舟之謠言，並假托清照口吻曰：「忍以桑榆之晚景，配茲駔儈之下材。」[69]是以未幾反目，訟而離之。張汝舟因清照訟其「妄增舉數入官」而編管柳州；依宋律，妻告夫，清照當徒二年，幸有翰林學士綦崇禮從中援手而得免；事畢，清照作〈投翰林學士綦崇禮啟〉以謝之。[70]潘際雲謂此恐皆不經之語，後有

[67] 同前註，頁277。

[68] 漢・劉向編，黃清泉注譯《新譯列女傳》卷四〈齊杞梁妻〉載：「齊杞梁殖之妻也。莊公襲莒，殖戰而死。……杞梁之妻無子，內外皆無五屬之親。既無所歸，乃就其夫之尸於城下而哭之。內誠動人，道路過者，莫不為之揮涕，十日而城為之崩。」（臺北：三民書局，2003年2月），頁202-203。

[69] 宋・李清照撰：〈投翰林學士綦崇禮啟〉，見徐北文主編：《李清照全集評註》，頁229。

[70] 以上參李清照〈投翰林學士綦崇禮啟〉及〈李清照年表（簡編）〉，見

清・德州盧雅雨鹺使見曾〈重刊金石錄序〉為之辯誣，其言曰：

> 德夫（或作德甫，明誠字。）歿時，易安年四十六矣，遭時多難，流離往來，具有踪迹。又六年，始為是書作跋，是時年已五十有二。匪夏姬之三少，等季隗之就木。以如是之年而猶嫁，嫁而猶望其才地之美、和好之情亦如德夫昔日，至大失所望而後悔，悔之又不肯飲恨自悼，輒諜諜然形諸簡牘。此常人所不肯為，而謂易安之明達為之乎？觀其涔經喪亂，猶復愛惜一二不全卷軸，如獲頭目，如見故人。其惓惓德夫，不忘若是，安有一旦忍相背負之理？此子輿氏所謂好事者為之，或造謗如《碧雲騢》之類，其又可信乎？易安父李文叔，即撰《洛陽名園記》者。文叔之妻，王拱辰孫女，亦善文。其家世若此，尤不應爾。余因刊是書，而并為正之。毋令後千載下，易安猶蒙惡聲也。[71]

盧氏力為清照辨雪，闡幽炳耀，其文精當，其意良厚，使清照之聲望令譽得以維護。

李清照卒年不確，或為宋高宗紹興26年（西元1156年）以後，享年約七十有三歲。[72]潘際雲此首五言古詩〈題李清照漱玉詞〉，無疑是清照一生經歷之縮影，潘氏對其作品之成就與人品之高潔，給予絕對之肯定，而對清照悲苦之人生與不幸之遭遇，

徐北文主編：《李清照全集評註》，頁229、425。

[71] 清・盧見曾撰：〈重刊金石錄序〉，同前註，頁453。

[72] 參見〈李清照年表（簡編）〉，同前註，頁428。

則寄予無限之同情。

第二首〈題朱淑真斷腸詞〉，詩云：

> 幽棲一卷斷腸詞，家世文公擅淑姿。誰把廬陵真本誤，柳梢月上約人時。

潘際雲於此詩有註語曰：「朱淑真，海寧女子，自稱幽棲居士。著有《斷腸詞》一卷，前有〈紀畧〉一篇，稱為文公姪女。今按其詞止二十七闋。楊慎升庵《詞品》載其〈生查子〉一闋，有『月上柳梢頭，人約黃昏後』之語，毛晉遂指為白璧微瑕。然此詞今載歐陽公《廬陵集》第一百三十卷中，不知何以竄入淑真集內，誣以桑濮之行。慎收入《詞品》既不為考，而晉刻《宋名家詞》六十一種，《六一詞》即在其內，乃於《六一詞》漏註互見《斷腸詞》，已自亂其例，而於淑真集更不一置辨，且實証為白璧微瑕，益為鹵莽之甚。今其集已收入四庫書而刊去此篇，庶不致厚誣古人矣。」[73]此段註語，將是首絕句之內容本意，作了清楚之說明。朱淑真生卒年不詳，約於南宋高宗紹興5年（西元1135年）至孝宗淳熙7年（西元1180年）間在世，終年約為四十五歲。[74]其出生於仕宦之家，環境富裕，善詩詞、工書畫、曉音律；而潘際雲於詩中特別提及，淑真為南宋理學家朱熹之姪女，惟此說多有疑議，尚待進一步考證。[75]淑真著有《斷腸詞》

---

[73] 見王偉勇著：《清代論詞絕句初編》，頁152-153。

[74] 據黃嫣梨、吳錫河著：《斷腸芳草遠——朱淑真傳》（石家莊：花山文藝出版社，2001年1月），頁1。

[75] 此問題之討論，可參考黃嫣梨撰：〈朱淑真事跡索引〉，見鄧喬彬等主

一卷，今唐圭璋《全宋詞》輯得二十六闋（除失調名外），其中〈生查子・元夕〉（起句：去年元夜時）一詞，應為歐陽修作，卻為楊慎誤植，而遭失德之責，潘際雲予以明確分辨，可正世俗之誤。

參、結語

清代汪芑、方熊、潘際雲三人之詩，共九首，以探討宋代女性詞人李清照，朱淑真為主要，兼及吳淑姬、唐琬二人；而經由上述之分析，其內容主張，可歸納為以下幾個重點：

一、清代社會對女性之觀點

由汪芑、方熊、潘際雲三人對宋代女性詞人作品之述評，反映出清人對待女性之態度：

（一）對女子才華之肯定

潘際雲稱讚清照為「閨中彥，文采超群英」；而汪芑對吳淑姬作品散佚，感到可惜；另方熊言淑真姿、才俱佳：「人間鴉鳳本非倫，閣淚抛書怨句新。」是以如張宏生《清代詞學的建構》曰：「有清一代，封建統治雖然仍在不斷強化，但社會上的有識之士對女性文學創作給予了更多的同情。」[76]

編：《詞學》第14輯（上海：華東師範大學出版社，2003年8月），頁171-186。

[76] 張宏生著：《清代詞學的建構》（南京：江蘇古籍出版社，1998年7月），頁182-183。

（二）對女子節操之讚揚

汪芑云唐琬情深，「釵鳳分飛鑒此心」；吳淑姬誓曰：「玉簪重合乃嫁」；而潘際雲則謂易安「匪值桑榆景，益勵冰雪情」。因此正如王力堅於《清代才媛文學之文化考察》一書所言：「要探討中國古代女性之『才』，不可避免地要涉及另一個概念範疇『德』。前文我們討論了『才』在清代女性世界中的重要影響，然而，在中國傳統婦學觀念裏，『德』卻是佔據至高無上的地位，中國傳統婦學開創人班昭（約49~約120）宣稱：『幽閒貞靜，守節整齊，行己有恥，動靜有法：是謂婦德。』（班昭《女誡・婦行第四》）。」[77]顯然有清一代，仍將貞節、操守，視為一般社會對於女子德性之評價。

（三）對女子遭遇之同情

汪芑、方熊謂淑真匹偶非倫，「彩鳳逐鴉」，而憐其「寬盡帶圍愁不解」；方熊更嘆清照、淑真二人身為女流，卻「生才不幸」；另唐琬被迫屈服於封建社會家長權威之下，汪芑亦為其發出不平之鳴。是知清代文人藉由對女子不幸遭遇之同情，除展現其對社會現象之關懷外，更企圖喚醒世人勇於突破傳統規範對女性之禁錮，而此乃成為促使清代婦女詞蓬勃發展重要因素之一。

二、清代以詩論詞之特質

汪芑、方熊、潘際雲三人以詩論詞，其特色有以下幾點：

---

[77] 王力堅著：《清代才媛文學之文化考察》（臺北：文津出版社，2006年6月），頁17。

（一）以七言絕句及五言古詩之形式論之。

（二）多化用或襲用所論詞家之詞句入詩，並針對所論詞家之詞集，作綜合評述，此外更兼採所論詞家及其相關人物之故實論之。

（三）著重辨誣論證，為人洗冤，為事正名，此或受清代考據風氣之影響。

綜上所述，汪芑、方熊、潘際雲的論詞之詩，對於清代詞學理論之探討，具有一定之意義，不容忽視。

【參考文獻】

一、古籍（依作者朝代先後排列）

漢・劉歆撰：《西京雜記》，收入《叢書集成新編》第112冊，臺北：新文豐出版公司，1985年。

漢・劉向編，黃清泉注譯：《新譯列女傳》，臺北：三民書局，2003年。

唐・范攄撰：《雲溪友議》，收入《叢書集成新編》第86冊，臺北：新文豐出版公司，1985年。

宋・胡仔撰：《苕溪漁隱叢話・前集》，臺北：木鐸出版社，1982年。

宋・王灼撰：《碧雞漫志》，收入唐圭璋編：《詞話叢編》第1冊，臺北：新文豐出版公司，1988年。

宋・鄭元佐注，冀勤輯校：《朱淑真集注》，杭州：浙江古籍出版社，1992年。

宋・洪邁撰：《夷堅志》，收入《傳世藏書・子庫・小說》第1冊，北京：海南國際新聞出版中心，1996年。

宋・李清照著，徐培均箋注：《李清照集箋注》，上海：上海古籍出版社，2005年。

宋・黃昇《唐宋諸賢絕妙詞選》，收入明・毛晉編：《詞苑英華》，明末思宗崇禎間虞山毛氏汲古閣刊本，臺北：國家圖書館。

元・林坤輯：《誠齋雜記》，收入《叢書集成新編》第82冊，臺北：新文豐出版公司，1985年。

明・楊慎撰：《詞品》，收入唐圭璋編：《詞話叢編》第1冊，臺北：新文豐出版公司，1988年。

清・張宗橚撰：《詞林紀事》，臺北：鼎文書局，1971年。

清・永瑢、紀昀等撰：《四庫全書總目提要》（全五冊），臺北：臺灣商務印書館，1983年。

清・沈雄撰：《古今詞話》，收入唐圭璋編：《詞話叢編》第1冊，臺北：新文豐出版公司，1988年。

清・王奕清等撰：《歷代詞話》，收入唐圭璋編：《詞話叢編》第2冊，臺北：新文豐出版公司，1988年。

清・李調元撰：《雨村詞話》，收入唐圭璋編：《詞話叢編》第2冊，臺北：新文豐出版公司，1988年。

清・陳廷焯撰：《白雨齋詞話》，收入唐圭璋編：《詞話叢編》第4冊，臺北：新文豐出版公司，1988年。

清・沈祥龍撰：《論詞隨筆》，收入唐圭璋編：《詞話叢編》第5冊，臺北：新文豐出版公司，1988年。

清・沈德潛選，王蒓父箋註：《古詩源箋注》，臺北：華正書局，1990年。

清・曾燠輯：《江西詩徵》，收入《續修四庫全書》第1689冊，上海：上海古籍出版社，2002年。

二、近人著作（依作者姓氏筆畫排列）

王力堅著：《清代才媛文學之文化考察》，臺北：文津出版社，2006年。

王偉勇著：《清代論詞絕句初編》，臺北：里仁書局，2010年。

任日鎬著：《宋代女詞人評述》，臺北：臺灣商務印書館，2001年。

李靈年、楊忠主編：《清人別集總目》（全三冊），合肥：安徽教育出版社，2001年。

吳熊和主編：《唐宋詞匯評・兩宋卷》（全五冊），杭州：浙江教育出版社，2004年。

胡文楷編著：《歷代婦女著作考》，上海：上海古籍出版社，1985年。

唐圭璋編：《全宋詞》（全五冊），北京：中華書局，1988年。

徐北文主編：《李清照全集評註》，濟南：濟南出版社，2005年。

張宏生著：《清代詞學的建構》，南京：江蘇古籍出版社，1998年。

黃嫣梨、吳錫河著：《斷腸芳草遠—朱淑真傳》，石家莊：花山文藝出版社，2001年。

葉恭綽編：《全清詞鈔》，臺北：河洛圖書出版社，1975年。

鄧紅梅著：《女性詞史》，濟南：山東教育出版社，2002年。

鄧喬彬等主編：《詞學》第14輯，上海：華東師範大學出版社，2003年。

蘇者聰著：《宋代女性文學》，武漢：武漢大學出版社，1997年。

秀威經典　PG1406　新視野12

萬疊春山一寸心
——古典詩詞論稿

作　　者／陶子珍
責任編輯／盧羿珊
圖文排版／周政緯
封面設計／蔡瑋筠

出版策劃／秀威經典
發 行 人／宋政坤
法律顧問／毛國樑　律師
印製發行／秀威資訊科技股份有限公司
114台北市內湖區瑞光路76巷65號1樓
電話：+886-2-2796-3638　傳真：+886-2-2796-1377
http://www.showwe.com.tw
劃撥帳號／19563868　戶名：秀威資訊科技股份有限公司
讀者服務信箱：service@showwe.com.tw
展售門市／國家書店（松江門市）
104台北市中山區松江路209號1樓
電話：+886-2-2518-0207　傳真：+886-2-2518-0778
網路訂購／秀威網路書店：http://www.bodbooks.com.tw
國家網路書店：http://www.govbooks.com.tw

2016年3月　BOD一版
定價：250元

國家圖書館出版品預行編目

萬疊春山一寸心 : 古典詩詞論稿 / 陶子珍著. --
一版. -- 臺北市 : 秀威經典, 2016.03
面 ;　公分. -- (文學評論類 ; PG1406)
BOD版
ISBN 978-986-92379-1-8(平裝)

1. 詩詞 2. 中國古典文學 3. 文學評論

821.886　　　　104021447

讀者回函卡

感謝您購買本書，為提升服務品質，請填妥以下資料，將讀者回函卡直接寄回或傳真本公司，收到您的寶貴意見後，我們會收藏記錄及檢討，謝謝！
如您需要了解本公司最新出版書目、購書優惠或企劃活動，歡迎您上網查詢或下載相關資料：http:// www.showwe.com.tw

您購買的書名：________________________________

出生日期：________年________月________日

學歷：□高中（含）以下　□大專　□研究所（含）以上

職業：□製造業　□金融業　□資訊業　□軍警　□傳播業　□自由業
　　　□服務業　□公務員　□教職　□學生　□家管　□其它_____

購書地點：□網路書店　□實體書店　□書展　□郵購　□贈閱　□其他

您從何得知本書的消息？
　□網路書店　□實體書店　□網路搜尋　□電子報　□書訊　□雜誌
　□傳播媒體　□親友推薦　□網站推薦　□部落格　□其他__________

您對本書的評價：（請填代號　1.非常滿意　2.滿意　3.尚可　4.再改進）
　封面設計____　版面編排____　內容____　文／譯筆____　價格____

讀完書後您覺得：
　□很有收穫　□有收穫　□收穫不多　□沒收穫

對我們的建議：________________________________

____

____

____

請貼
郵票

11466
台北市內湖區瑞光路 76 巷 65 號 1 樓
秀威資訊科技股份有限公司 收
BOD 數位出版事業部

（請沿線對折寄回，謝謝！）

姓　名：＿＿＿＿＿＿＿＿ 年齡：＿＿＿＿ 性別：□女 □男

郵遞區號：□□□□□

地　址：＿＿＿＿＿＿＿＿＿＿＿＿＿＿＿＿

聯絡電話：（日）＿＿＿＿＿＿＿＿ （夜）＿＿＿＿＿＿＿＿

E-mail：＿＿＿＿＿＿＿＿＿＿＿＿＿＿＿＿